鳥羽 亮

剣客《けんかく》旗本《はたもと》春秋《しゅんじゅう》譚《たん》

武士にあらず

実業之日本社

実業之日本社文庫

剣客旗本春秋譚　武士にあらず　目次

第一章　五人の賊《ぞく》　8
第二章　岡っ引き殺し　58
第三章　追跡　104
第四章　隠れ家　152
第五章　口封じ　205
第六章　霞袈裟《かすみげさ》　253

永寺
車坂町
卍廣徳寺
浅草寺
卍
東本願寺
卍
吾妻橋
浅草
並木町
野
三枚橋
下谷
駒形町
諏訪町
谷長者町
御徒町通り
日光街道
青井市之介の屋敷
下谷練塀小路
森田町
糸川俊太郎の屋敷
佐々野彦次郎の屋敷
瓦町
伊庭道場
神田佐久間町
福井町
茅町
本所
新シ橋
和泉橋
柳原通り
浅草御門
豊島町
両国広小路
柳橋
亀戸
奥州街道
両国橋
回向院
竪川
野町
岩井町
馬喰町
米沢町
元町
一ツ目橋
相生町
横山町
永町
二ツ目橋
緑橋
薬研堀
亀井町
橘町
汐見橋
栄橋
本橋
千鳥橋
田所町
久松町
大川
大伝馬町
富沢町
高砂橋
石町
高砂町
小川橋
本町
伊勢町
堀江町
笠松屋
浜町
新大橋
堂島屋
親父橋
室町
組合橋
浜町堀
小名木川
日本橋
荒布橋
小網町
江戸橋
南茅場町
深川
行徳河岸
楓川
八丁堀
上ノ橋
仙台堀
永代橋
今川町
佐賀町
亀久橋
魚橋
稲荷橋
油堀
山本町
門前仲町
富ヶ岡八幡宮
汐見橋
入船町
佃島

剣客旗本春秋譚
武士にあらず
江戸地図

図版作成／ジェオ

〈主な登場人物〉

青井市之介……二百石の非役の旗本。青井家の当主

おみつ……市之介の新妻。糸川の妹

つる……市之介の母。御側衆大草与左衛門（故人）の娘

茂吉……青井家の中間

大草主計《かずえ》……市之介の伯父。御目付。千石の旗本

小出孫右衛門…大草家に仕える用人

糸川俊太郎……御徒目付。市之介の朋友

佐々野彦次郎…御小人目付から御徒目付に栄進。糸川の配下

佳乃……佐々野の妻。市之介の妹

野宮清一郎……北町奉行所、定廻り同心

剣客《けんかく》旗本《はたもと》春秋《しゅんじゅう》譚《たん》

武士にあらず

第一章　五人の賊《ぞく》

1

　どんよりと曇った夕暮れ時だった。まだ、暮れ六ツ（午後六時）の鐘は鳴らなかったが、表通り沿いの店から表戸をしめる音が聞こえてきた。辺りが薄暗くなったため、気の早い店は店仕舞いを始めたらしい。

　そこは、日本橋本石町《ほんこくちょう》四丁目だった。表通り沿いには、土蔵造りの大店《おおだな》が目についた。ただ、薬種屋、瀬戸物屋、質屋などは、それ程大きな店構えでもなかった。

　日中は、様々な身分の老若男女が行き交っているのだが、いまは通行人の姿はすくなかった。仕事帰りの職人や風呂敷包みを背負った物売りなどが、迫りくる夕闇に急《せ》かされるように足早に通り過ぎていく。

通り沿いに、笠松屋《かさまつや》という本両替の店があった。両替屋は、金銀の両替をおこなう本両替と、金銀の貨幣を銭と交換する脇両替とに分かれている。

本両替は大きな店が多く、預金、貸付、手形の振出しなどの仕事もしていた。脇両替の方は、質屋、酒屋などの小売をしている店が、売り上げの銭で両替をしていることが多かった。

笠松屋は表通りでも目につく大きな店だった。

石町の暮れ六ツの鐘が鳴り始めたとき、笠松屋の丁稚《でっち》の利助《りすけ》が店先に出て、大戸をしめ始めた。通りのあちこちから、戸をしめる音が聞こえてくる。

あと一枚の大戸で、戸締まりが終わるとき、ふいにひとりの男が店に入ってきた。手ぬぐいで頰っかむりした町人体の男である。

「お、お客さま、店をしめました」

利助が慌てて言った。

「なァに、すぐ済む」

そう言って、男は利助を押し退《の》けて店に入ってきた。

「こ、困ります。明日にしてください」

利助は一枚だけ大戸をあけたままにし、男の後を追って店に入った。

そのとき、店の脇から様子を見ていた四人の男が、あいていた場所から次々に店のなかに入ってきた。四人は、いずれも町人体だった。ひとりだけ、風呂敷包みを背負った男がいた。

四人とも小袖を裾高に尻《しり》っ端《ぱ》折《しょ》りし、股引《ももひき》に草鞋《わらじ》履きだった。手ぬぐいで、頬っかむりをしている。いずれも、長脇差を腰に差していた。

四人のなかで最後に入った大柄な男が、後ろ手に大戸をしめた。それで、店の大戸はすべてしめられた。

店のなかには、先に入った男と利助、それに店の奉公人たちが何人もいた。

土間の先が、ひろい座敷になっていた。そこは、客たちが金銀の両替を行う場所である。その座敷に手代がふたり、丁稚もふたりいた。

店の正面の台の上に、台秤《だいばかり》がいくつも置いてあった。その台秤で、金銀の重さをはかるのである。

右手の奥が、帳場になっていた。帳場机を前にして、番頭が座っていた。帳場机の上にも、台秤が置かれている。

番頭と座敷にいる奉公人たちは、先に入ってきた町人体の男と後続の四人を目

にして、驚いたような顔をしていたが、

「こ、この人たちが、いきなり入ってきて」

利助が、声を震わせて言った。

すると、座敷にいた年配の手代が慌てて立ち上がり、土間の近くまで来て、

「困ります。店はしめましたので、明日、おいでいただきたいのですが」

と、腰をかがめて言った。

そのとき、後続の四人の先頭にいた男が、

「おれたちは、今日、用があるのよ」

と、言いざま、腰に帯びていた長脇差を抜き放って一閃《いっせん》させた。素早い動きである。

ザクッ、と手代の肩から胸にかけて小袖が裂け、次の瞬間、切り裂かれた傷口から血が激しく飛び散った。

手代は血を撒きながらよろめき、上がり框《がまち》近くまで来て俯《うつぶ》せに倒れた。手代は血を流しながら、呻《うめ》き声を漏らしていたが、いっときすると息の音も聞こえなくなった。絶命したらしい。

この様子を見た手代や丁稚たちが、悲鳴を上げて逃げようとすると、土間にい

た四人の男が次々に座敷に踏み込み、

「動くと、斬るぞ！」

と言って、男のひとりが奉公人たちに長脇差を突き付けた。

奉公人たちは、座敷にへたり込み、紙のように蒼ざめた顔で身を顫《ふる》わせた。

「そいつらを縛れ！」

大柄な男が言った。

すぐに、三人の男がふところから細引を取り出し、奉公人たちを後ろ手に縛った。そして、手ぬぐいで奉公人たちに猿轡《さるぐつわ》をかました。どうやら賊は、細引や猿轡をかます手ぬぐいも用意していたようだ。

こうしている間も、先に入った賊のひとりが、帳場にいる番頭に長脇差を突き付けていた。

五人の賊は、店にいた番頭と奉公人たちを縛り上げた。

「あるじの家族は、二階か」

大柄な男が、番頭に訊《き》いた。

「は、はい」

番頭が声を震わせて答えた。

大柄な男は、座敷に顔をむけ、「二階だ」と声をひそめて言った。どうやら大柄な男が頭格らしい。

すぐに、ふたりの男が、左手奥にあった階段にむかった。二階につづいているらしい。

店に残った大柄な男が、

「内蔵の鍵は」

と、番頭に訊いた。

番頭は目を剝いて、大柄な男を見たが、

「う、後ろの小簞笥《こだんす》に」

と、声を震わせて言った。帳場机の後ろに小簞笥が置いてあった。引き出しには、商売に使う印鑑などが入れてあるのだろう。

「出せ」

大柄な男が言った。

番頭は戸惑うような顔をして大柄な男を見た。

「斬られたいのか」

大柄な男が言うと、番頭は身を顫わせて小簞笥の引き出しから鍵を取り出し、目の前に立っている男に渡した。

男は鍵を手にしたが、何も言わずにその場に立っていた。いっときすると、階段を下りてくる足音がし、さきほど二階に上がったふたりがもどってきた。

「あるじ夫婦と餓鬼をふたり、縛ってきやした」

男のひとりが言った。

2

「番頭、いっしょに来い」

大柄な男が、鍵を手にしたまま言った。

番頭は困惑したような顔をしたが、顔の近くに長脇差の切っ先を突き付けられると、体を顫わせて歩きだした。

番頭につづいて、大柄な男とふたりの男が帳場の右手にある廊下から裏手にむかった。金のしまってある内蔵は、店の裏手にあるらしい。

店に残ったのは、ふたりの男だった。ひとりは、まだ風呂敷包みを背負っていた。ふたりの男は、猿轡をかまされ、後ろ手に縛られている奉公人たちに目をやっている。

それから、小半刻（三十分）ほどすると、裏手にむかった三人の賊と番頭がもどってきた。ふたりの男が、千両箱を担いでいる。

「小銭は、残してきた」

大柄な男が言った。

「千両箱ふたつか、悪くないな」

中背の男が、薄笑いを浮かべて言った。

「引揚げやすか」

先に店に入った男が言った。すでに、店のなかは夜陰につつまれていた。五人の賊の目だけが、闇のなかに青白く浮き上がったように見えている。

大柄な男が闇のなかでうなずき、

「命だけは、助けてやる」

と言い残し、戸口にむかった。つづいて四人の男が戸口にむかい、隅の大戸を一枚あけて外へ出た。そして、すぐに表戸をしめてしまった。

店に残された番頭をはじめとする奉公人たちは、闇のなかで身をよじっていた。

いっときすると、手代のひとりが、後ろ手に縛られた縄が解けたらしく、慌てた様子で猿轡をはずした。そして、立ち上がると、震える手で番頭の猿轡を外し、つづいて縄を解いた。そして、ふたりは手代や丁稚たちの縄と猿轡を解いてやった。

「利根吉《とねきち》、長助《ちょうすけ》、旦那さまたちの様子を見てきてくれ」

番頭が、ふたりの丁稚に声をかけた。

すぐに、ふたりは階段を上がった。

番頭はふたりの丁稚が二階へ上がったのを目にすると、帳場の後ろに行き、石を打って燭台に火を点《とも》した。

店のなかが明るくなり、奉公人たちの顔が闇のなかに浮かび上がった。

番頭は店にいた奉公人たちに声をかけ、上がり框近くに俯せに倒れていた手代のそばに近寄った。

手代は動かなかった。傷口から流れ出た血が、赤い布でもひろげたように畳を染めている。

「吉次郎《きちじろう》！」

番頭が、倒れている手代に声をかけた。他の奉公人たちも、吉次郎と呼ばれた手代のまわりに集まった。

　吉次郎は、ぴくりとも動かなかった。だれの目にも死んでいることが見てとれた。そうしているところに、二階に上がったふたりの丁稚が、あるじを連れてきた。

　あるじの名は、伝兵衛《でんべえ》。四十がらみで赤ら顔、恰幅《かっぷく》のいい体をしていた。その顔がひき攣《つ》ったようにゆがんでいる。

「き、吉次郎か……」

　伝兵衛は、血塗《ちまみ》れになって倒れている吉次郎を見て身を顫わせた。

「いきなり、賊が店に入ってきて」

　番頭が、蒼ざめた顔で言った。

「や、安蔵《やすぞう》、店の金を奪われたのか」

　伝兵衛が番頭に訊いた。番頭の名は安蔵というらしい。

「は、はい。内蔵を破られて……。千両箱をふたつ、持っていかれました」

　安蔵が声をつまらせながら、そのときの様子を話した。

「し、仕方がない。鍵を出さなければ、安蔵も殺されただろう。それにしても、暮れ六ツごろに、賊が押し入ってくるとは……」

伝兵衛が、「まだ、通りには、ひとがいたろうに」と、つぶやいた。

すると、政五郎《まさごろう》という手代が、「押し込みを見た者が、いるかもしれない」と言って、土間に下りて、隅の大戸を一枚だけあけた。

店にいた手代や丁稚たちが、次々に土間に下り、あけられた大戸の間から、外を覗いた。

通りは夜陰につつまれていたが、月が出ているらしく、店の前の通りはぼんやりと見てとれた。

「ひとがいる!」

丁稚のひとりが言った。

「酔っ払いだ」

もうひとりの、丁稚が言った。

通りを、よろよろした足取りで歩いてくる職人ふうの男がいた。一目で、酔っ払いと知れる。

「向こうから、夜鷹そばがくる」

政五郎が言った。

通りの先に、屋台を担いでくる男がぼんやりと見えた。風鈴の音が、かすかに聞こえた。男はこちらに歩いてくる。

「夜鷹そばの親爺に、訊いてみる」

そう言って、政五郎が戸口から出ると、ふたりの丁稚が後についてきた。他の奉公人たちは戸口から覗いている。

政五郎は、夜鷹そば屋に走り寄った。

「いらっしゃい」

親爺が声を上げて、担いでいた屋台を置いた。政五郎たちを客と思ったようだ。

「き、訊きたいことがある」

政五郎が声をつまらせて言った。

「そばは？」

親爺が訊いた。

「そばは、いらない。ここを、盗賊が通らなかったか」

政五郎が声を大きくして訊いた。

「盗人ですかい」

「五人組だ。風呂敷包みを背負ったやつもいたはずだ」

「見掛けねえよ」

親爺は、素っ気なく言った。

「そうか」

政五郎は、賊は道の反対方向にむかったのかもしれないと思った。

「引き止めて、すまなかった」

政五郎はそう言って、踵《きびす》を返した。店にもどるつもりだった。いまさら、盗賊の後を追ってもどうにもならないと思ったのである。

3

「旦那さま、お茶を淹《い》れましょうか」

おみつが、青井市之介《あおいいちのすけ》に声をかけた。

市之介は朝餉《あさげ》の後、やることもなく座敷で横になっていたのだ。おみつは、市之介の新妻だった。ふたりがいっしょになって、一年の余経つが、子供がいないせいか、おみつには娘らしさが残っていた。おみつは、二十歳だった。うりざね顔で、色白の美人である。

市之介は二百石の旗本の当主だったが、非役のため、やることもなくいつも暇を持てあましていた。歳は二十代後半。生まれたときから、いまの屋敷に住んでいる。

おみつは、市之介といっしょになったときから、旦那さまと呼んでいた。市之介が、そう呼ぶように話したのである。

旗本は殿さまと呼ばれるのが普通だが、青井家は奥向《おくむき》が苦しく、殿様と呼ばれるような暮らしではなかったし、他の奉公人のなかにも旦那さまと呼ぶ者がいたのだ。

「お茶でも、飲むか」

市之介は身を起こした。

「すぐに、お淹れします」

そう言い残し、おみつは座敷から出ていった。

ひとりになった市之介は、庭に面した障子をあけた。よく晴れていた。初秋の陽が、庭の色付き始めた楓《かえで》を照らし、燃えるようにかがやいていた。どこかに雀がいるらしく、鳴き声だけが聞こえた。風のない静かな日である。

アアアッ、

市之介は両手を突き上げ、大きく伸びをした。その声で驚いたのか、軒先の近くで、鳥の飛び立つ音がした。雀であろう。

市之介はいっとき庭を眺めてから、座敷にもどって腰を下ろすと、廊下を歩く足音がした。足音はふたりである。

障子があいて、顔を出したのは、おみつと市之介の母親のつるである。おみつが、湯飲みを載せた盆を手にしていた。

ふたりは、市之介の前に座ると、

「市之介、茶がはいりましたよ」

つるが、言った。

いま、青井家にいるのは市之介、おみつ、それにつるの三人だった。五年ほど前に、つるの夫の四郎兵衛《しろべえ》が亡くなり、半年ほど前に市之介の妹の佳乃《よしの》が嫁に行き、青井家は三人家族になったのだ。

つるは、おみつが湯飲みを市之介の膝先に置くのを見ながら、

「いい日和ですねえ」

と、声をかけた。

「晴天です」

市之介は素っ気なく言って、湯飲みに手を伸ばした。腹の内では、母上は何か

魂胆があって、顔を出したな、と思ったが、何も気付かないふりをした。

「市之介、今日はどこにも出かけないのかい」

つるが訊いた。

市之介は茶を一口すすってから、

「いまのところは」

と、小声で言った。

「ねえ、深川《ふかがわ》の八幡さまにでも、御参りにいかないかい」

つるが身を乗り出すように言った。

市之介が口をとじていると、

「八幡さまは、すこし遠いねえ。……浅草寺《せんそうじ》にしましょうか。三人で帰りに美味しい物でも食べてきましょうよ」

つるが、市之介とおみつに目をやって言った。

市之介は胸の内で、「そんな余裕は、ありませんよ」とつぶやいたが、顔には表さずに黙っていた。

青井家は二百石の旗本だが、内証《ないしょう》は苦しかった。用人を雇う余裕もなかったので、家のやり繰りは市之介がやっていたのだ。もっとも、やり繰りといっても、市之介は札差から受け取った金を遣うだけである。

「行きましょう、三人で」

つるは、すっかりその気になっている。

つるは、金にはまったく頓着しなかった。家の内証など、考えたことはないだろう。つるの実家は、千石の旗本、大草《おおくさ》家であった。しかも、つるの父親の大草与左衛門《よざえもん》は、御側衆まで出世したのだ。御側衆の役高は、五千石である。そのため、つるは大草家で、何不自由なく育てられたのだ。

いま大草家の当主は、つるの兄の主計《かずえ》だった。与左衛門が亡くなった後、家を継いだのである。主計も御目付の要職にあった。暮らしぶりは、与左衛門のころと変わりない。そうしたことがあって、つるは金に頓着しなかったのだ。

「浅草寺もいいけど、いまは、行けませんよ」

市之介が、小声で言った。

「おまえ、何か用事でもあるのかい」

つるが、市之介の顔を覗くように見て訊いた。

「ええ、伯父上に頼まれたことがありまして……」

市之介は語尾を濁した。

伯父上とは、大草主計のことだった。市之介は大草から依頼されて、幕臣のかかわった事件の探索にあたることがあった。それで、大草のことを持ち出したのである。

「兄上に頼まれたのでは、仕方ないけど……」

つるが肩を落として言った。

そのとき、玄関の方で茂吉《もきち》と武士の声が聞こえた。茂吉は青井家に仕える中間《ちゅうげん》である。武士の声もどこかで聞いた覚えがあったが、小声だったので、だれなのかはっきりしなかった。

「何かあったな」

そう言って、市之介が立ち上がった。

市之介が玄関にむかうと、おみつとつるもついてきた。玄関にいたのは、茂吉と佐々野彦次郎《ささのひこじろう》だった。

佐々野は、御徒目付《おかちめつけ》である。市之介の妹の佳乃が、嫁にいった相手だった。

佐々野はつるの顔を見ると、

「義母上《ははうえ》、ご無沙汰しております」

そう言って、つるに頭を下げた。

「まァ、よくいらっしゃいました。さァ、上がって」

つるは、佐々野を屋敷に上げようとした。

「それが、大事が出来《しゅったい》しまして、青井さまを迎えにきたのです」

佐々野は、市之介のことを義兄上《あにうえ》とは呼ばなかった。佳乃といっしょになる前の呼び方をつづけたのである。

「何があった」

市之介が訊いた。

「商家に、夜盗が押し入りました。なかに、武士がいたようです」

佐々野が小声で言った。

御徒目付は、御目付の配下で幕臣の御目見《おめみえ》以下の者を監察糾弾《きゅうだん》する役である。幕臣が犯罪を犯せば探索にあたり、御目付の指図で捕らえることもある。

「押し入ったのは、いつだ」

すぐに、市之介が訊いた。

「昨日の暮れ六ツごろのようです」

「暮れ六ツだと！」

思わず、市之介の声が大きくなった。賊が押し入るには、あまりに早い。暮れ六ツといえば、まだ店の戸締まりも終えていないのではあるまいか。

「店の表戸をしめきらないうちに、押し入ったようです。糸川《いとかわ》どのも、押し入られた店にむかっています」

「すぐに、行かねばならぬ」

市之介は、佐々野と茂吉をその場に残して、庭に面した座敷にとって返した。そこに、大小が置いてあったのだ。

4

「母上、おみつ、行ってくるぞ」

市之介は、ふたりに声をかけて玄関を出た。

おみつとつるは、玄関を出て市之介を見送っていたが、

「市之介は、お役目がないのに、どうして行くのかね」

とつるが、首をひねりながら言った。

「御目付さまに、頼まれることがあるようです」

おみつが、言った。

おみつの兄の糸川俊太郎《しゅんたろう》も御徒目付で、市之介といっしょに幕臣にかかわった事件の探索にあたることがあった。それで、おみつは市之介が御目付の大草主計の命で動くことがあるのを知っていたのだ。

おみつが市之介と知り合ったのも兄の俊太郎とのかかわりで、市之介が糸川家を訪れ、おみつと顔を合わせているうちに心が通じ合うようになったのである。

おみつとつるが、そんなやり取りをしている間に、市之介たちは玄関から表門を経て通りに出た。

市之介は、御家人の屋敷や小身の旗本屋敷のつづく通りを南にむかいながら、

「笠松屋は、本石町だな」

と、念を押すように訊いた。門を出たとき、市之介は賊に押し入られた店の名と、その店が本石町にあることを佐々野から聞いていたのだ。

すると、市之介の後ろを歩いていた茂吉が、

「四丁目ですぜ。……笠松屋は、両替屋でさァ」

と、口を挟んだ。

茂吉は、市之介が何も言わないのに、勝手についてきたのだ。どういうわけか、茂吉は捕物好きで、市之介が何かの事件にかかわると、岡っ引きにでもなったつ

もりで動きまわる。

おそらく、茂吉は知り合いの岡っ引きから、笠松屋に押し入った賊のことを耳にしたのだろう。

茂吉は五十過ぎだった。かなりの歳だが、足腰は丈夫でよく動きまわる。短軀で、猪首《いくび》だった。ゲジゲジ眉で、唇が厚い。悪党面《あくとうづら》だが、気立てはよかった。

市之介の屋敷は、下谷練塀小路《したやねりべいこうじ》の近くにあった。武家屋敷のつづく通りを南に行けば、神田川《かんだがわ》にかかる和泉橋《いずみ》近くに出られる。和泉橋を渡り、内神田の町筋をさらに南にむかえば、本石町四丁目辺りに出られるはずだ。

市之介たちが、本石町四丁目の表通りに出ると、

「たしか、この先です」

佐々野が言って、西の方へ足をむけた。

表通りは、行き交う人の姿が多かった。町人が多かったが、旅人の姿も目についた。通りを東にむかえば、浅草橋のたもとに出られ、橋を渡った先が日光街道だった。それで、旅人の姿があったのだ。

市之介たちが表通りをいっとき歩くと、

「あそこです」

そう言って、佐々野が通りの先を指差した。

通り沿いの店の前に、人だかりができていた。通りすがりの野次馬が多いようだったが、岡っ引きや下っ引きらしい男の姿も目についた。

市之介は笠松屋の前まで来ると、足をとめ、

「茂吉、頼みがある」

と茂吉に身を寄せて言った。

「なんです」

茂吉が目をひからせて訊いた。岡っ引きにでもなったような顔付きである。

「近所で、聞き込んでくれんか。賊の姿を見た者がいるかもしれん」

「承知しやした。聞き込みなら、まかせてくだせえ」

茂吉は、勇んで店先から離れた。

市之介は茂吉の後ろ姿に目をやりながら、「いまは、おまえを店のなかまで連れていくわけにはいかないからな」とつぶやいた。

「あそこから、店に入れます」

佐々野が、店の左手を指差して言った。

大戸が一枚あけられ、脇に岡っ引きや下っ引きらしい男の姿があった。そこが、

店の出入り口になっているらしい。

　市之介と佐々野が脇の戸口に近付くと、岡っ引きたちは、市之介たちに頭を下げて身を引いた。市之介たちは八丁堀《はっちょうぼり》同心ふうの格好をしてなかったので、幕臣の目付筋と分かったか、それとも火盗改《かとうあらため》とでも思ったかである。

　店のなかは、薄暗かった。土間や畳敷きの間に大勢の男たちがいた。店の奉公人らしい男、岡っ引きや下っ引き、それに八丁堀同心の姿もあった。八丁堀同心は小袖を着流し、羽織の裾を帯に挟む、巻羽織と呼ばれる独特の格好をしていたので、その姿を見ただけで知れるのだ。

「糸川さんです」

　佐々野が、入ってきた場所からすこし離れた上がり框近くを指差して言った。見ると、糸川が立っていた。すぐ前に、小袖に羽織姿の恰幅のいい男がいた。その身装《みなり》からみて、店のあるじかもしれない。

「まず、糸川に様子を訊いてみよう」

　市之介と佐々野は、糸川に近付いた。

　糸川は近くにいた岡っ引きや店の奉公人たちが体をむけたのに気付き、市之介たちに目をやった。

「青井、ここだ」

糸川が手を上げた。

糸川は、市之介を呼び捨てにした。市之介も、おみつの兄である糸川を呼び捨てにする。ふたりは長年の朋友《ほうゆう》で、市之介がおみつを嫁に迎える前から呼び捨てにしていたのだ。

市之介と佐々野が糸川のそばに行くと、糸川が、

「見ろ」

と言って、足元を指差した。

男がひとり、上がり框近くに俯せに倒れていた。流れ出た血が、畳をどす黒く染めている。

「この男は」

市之介が、訊いた。

すると、糸川の前に立っていた恰幅のいい男が、

「手代の吉次郎です」

と、困惑したような顔をして言った。

そして、「てまえは、あるじの伝兵衛で、ございます」と名乗った。

5

「刀傷だな」

市之介は、倒れている吉次郎の傷に目をやって言った。

吉次郎は、肩から胸にかけて斬られていた。他に傷はなく、一太刀で仕留められたらしい。

「それに、下手人は腕がたつ」

市之介は、刀傷を見ただけで斬った者の腕のほどが分かる目を持っていた。

市之介は心形刀流《しんぎょうとうりゅう》の遣い手だった。少年のころから、下谷御徒町《おかちまち》にあった伊《い》庭軍兵衛《ばぐんべえ》の心形刀流の道場に通ったのだ。

市之介は剣術の稽古は嫌いではなく、強くなりたいという気持ちもあって熱心に稽古に励んだ。その甲斐あって腕を上げ、二十歳ごろになると、師範代にも三本のうち一本はとれるほどになった。だが、二十代半ばで、道場をやめてしまった。父が亡くなり、青井家を継いだためだが、胸の内には剣の修行をつづけても、非役のままで何の役にもたたないとの思いがあったのだ。

市之介が糸川と知り合ったのは、伊庭道場だった。糸川も同じ道場に通っていたのだ。市之介と糸川は、そのころから朋友のような付き合いをしていた。

「吉次郎が斬られたところを見た者がいるのか」

市之介が伝兵衛に訊いた。

糸川は黙っていた。この場は、市之介に任せるつもりなのだろう。

「店にいた手代と丁稚は、見ていたはずです」

伝兵衛が答えた。

「だれか、ひとり呼んでくれ」

市之介が言うと、

「利助、ここに来ておくれ」

伝兵衛が丁稚を呼んだ。

利助は、十二、三歳と思われる若い丁稚だった。蒼ざめた顔で、体を顫わせている。

「賊が吉次郎を斬ったところを、見ていたのか」

市之介が、あらためて利助に訊いた。

「は、はい」

利助が、声を震わせて言った。

「斬ったのは、武士か」

「い、いえ、町人のようでした。押し入ってきた五人とも町人で、お侍はひとりもいなかったようです」

「なに、五人とも町人だと」

市之介は、驚いたような顔をして聞き直した。斬られた男は、武士の手にかかったと思っていたのだ。

「はい、みんな町人のように見えました」

利助によると、五人とも小袖を裾高に尻っ端折りし、股引を穿いていたという。また、手ぬぐいで頰っかむりしていたそうだ。

「刀は」

市之介が訊くと、利助は戸惑うような顔をして、すぐに答えなかった。

「賊の五人は、長脇差を一本だけ差していたようだ」

糸川が、脇から口を挟んだ。糸川は、五人の賊が持っていた武器を、他の奉公人から聞いていたのだろう。

「それにしては、見事な斬り口だ」

市之介は、あらためて吉次郎の傷に目をやった。袈裟《けさ》に一太刀、深々と斬り下げられている。

「いずれにしろ、下手人は腕のたつ男だな」

糸川が言った。

「賊は、店の金を奪ったのだな」

市之介が、あらためて伝兵衛に訊いた。

「う、内蔵を破られて……」

伝兵衛が、番頭から聞いてください、と言って、近くで岡っ引きたちに囲まれて訊問されていた番頭を呼んだ。

「ば、番頭の安蔵でございます」

番頭が声を震わせて名乗った。顔が土気色をし、目がしょぼしょぼしていた。昨日から、寝ていないらしい。

「内蔵の鍵は」

市之介が訊いた。

「手前が、あけました」

番頭は、昨日の様子をかいつまんで話した。

「奪われたのは、千両箱ふたつか」

「はい」

番頭によると、ひとつの千両箱には、三百両ほどしか入ってなかったので、ふたつで千三百両ほどだという。

「それでも、大金だな」

市之介につづいて、

「賊は暮れ六ツ近くに押し入ってきたようだが、店から出たのは、何時ごろだ」

と、糸川が訊いた。深夜に出ていったとすれば、賊は長時間店内にとどまったことになる。

「はっきりしませんが、押し込みが店内にいたのは、一刻（二時間）ほどではないかと……」

番頭が、語尾を濁らせて言った。

「一刻だと。すると、賊が店を出たのは、五ツ（午後八時）ごろか」

「は、はい」

「五ツごろでは、まだ店の前を通りかかる者がいたのではないか」

糸川は身を乗り出すようにして訊いた。

「奉公人たちも、そう思ったようでして。押し込みが店を出た後、外に出て通りを見たのです」

番頭はすぐに近くにいた政五郎という手代を呼び、「押し込みが、店を出た後のことを話してくれ」と、声をかけた。

「それが、押し込みの姿は、どこにもなかったのです」

政五郎によると、表の通りには酔っ払いがひとり歩いていただけで、賊らしい者たちの姿は見えなかったという。

「他に、だれもいなかったのか」

市之介が訊いた。

「夜鷹そばが通りかかったので、訊いてみました」

政五郎によると、夜鷹そばの親爺も盗賊らしい者をひとりも目にしなかったという。

「妙だな」

市之介は首をひねった。

それから、市之介は念のため他の手代や丁稚からも話を訊いてみたが、新たなことは分からなかった。

さらに、市之介は他の奉公人からも話を聞き、糸川を店に残して、ひとり外に出た。戸口近くに集まっている岡っ引きや下っ引きたちから離れ、店の脇まで行くと、通りの先に茂吉の姿が見えた。こちらに、足早に歩いてくる。

市之介は、茂吉が近付くのを待ち、

「どうだ、何か知れたか」

と、訊いてみた。

「それが、押し込みのことは何もつかめねえんでさァ」

茂吉が、渋い顔をして言った。

「賊が店を出たのは、五ツごろらしいが、見た者はいないのか。……千両箱は何かに隠して持っていたとしても、手ぬぐいで頬っかむりした男が五人だぞ。五人いっしょに歩いていれば、目につくはずだ」

「近所で聞き込んでみたんですがね。五ツごろまで、起きていた者は結構いたし、一杯ひっかけた帰《けえ》りに、通りかかった者もいたんでさァ」

茂吉が話を訊いた者たちのなかに、盗賊らしい集団を見かけた者はいなかったという。

「そうか。……いずれにしろ、そのうち見えてくるだろう」

そう言って、市之介は歩きだした。これ以上、近所で聞き込みにあたっても、何も出てこないような気がした。それで、今日はこのまま帰ることにしたのだ。

後を追ってきた茂吉が、

「旦那、でけえ事件《やま》ですぜ。放っちゃァおけねえ」

と、目をひからせて言った。岡っ引きにでもなったつもりで、事件の探索にあたる気になっている。

6

笠松屋に出かけた二日後、市之介は縁側に面した座敷で、おみつが淹れてくれた茶を飲んでいた。すると、庭で足音がした。縁側に近付いてくる。

……茂吉だな。

市之介は、足音で茂吉と分かった。

足音は縁側の先でとまり、

「旦那さま、いやすか」

と、茂吉の声がした。旦那ではなく、旦那さまと呼んでいる。家にいるおみつとつるに気を使ったのかもしれない。

「いるぞ」

市之介は立ち上がった。

障子をあけると、縁側の先に茂吉が立っていた。愛想笑いを浮かべて、揉み手をしている。

「どうした」

市之介は、縁側に出て訊いた。

「旦那、お屋敷でくすぶってていいんですかい」

茂吉が、小声で言った。旦那さまが、旦那になった。市之介と顔を合わせ、ふだんの呼び方にもどったようだ。

「何のことだ」

「笠松屋に押し入った盗賊のことでさァ」

茂吉が、縁先に身を寄せて言った。

「おれは、目付筋ではないからな。どこの店に、押し込みが入ろうと何のかかわりもないのだ」

伯父の大草から話があれば別だが、いまのところ何の話もなかった。非役の市之介が、市井で起こった事件に首をつっ込むことはないのだ。

「糸川さまたちは、色々探っているようですぜ」

茂吉が、上目遣いに市之介を見ながら言った。

「よく知っているな」

「あっしも、本石町まで行って、いろいろ聞き込んでみやした」

「なんで、おまえが聞き込みにあたるのだ」

ここ二日、茂吉の姿を見掛けなかった。どうやら、青井家には来ないで、本石町へ出かけていたらしい。

茂吉は青井家に奉公している身でありながら、やらなくてもいい事件の聞き込みに歩いていたようだ。中間といっても、茂吉は市之介が出仕しないため、ふだんは屋敷内で掃除や草取りなどをしている。そうした仕事にくらべたら、町へ出て事件の聞き込みに当たっている方が、気が晴れるのだろう。

「あっしの睨《にら》んだところ、近いうちに御目付さまから旦那にお声がかかるはずですぜ。そうなったら、旦那の出番でさァ。そんときになって慌てねえように、いまから探ってるんで」

茂吉が、目をひからせて言った。

「うむ……」

市之介も、近いうちに伯父の大草から声がかかるような気がしていた。

「それに、ちょいと、気になることを耳にしやしてね」

茂吉が、縁側に身を乗り出すようにして言った。

「何だ、気になるとは」

市之介も、気になった。

「笠松屋に押し入った賊の五人ですがね」

茂吉はそう言っただけで、急に口をつぐんだ。

「賊の五人が、どうしたというのだ」

市之介が声を大きくして訊いた。

茂吉は口許に薄笑いを浮かべ、

「あっしは、ちかごろ本石町まで足を運んで色々聞き込みやしてね。袖の下を使うこともあって、ちょいと、懐の方が……」

そう言って、揉み手をした。

「手当てか。そういえば、まだ、手当てを渡してなかったな」

市之介は事件にかかわると、茂吉に探索を頼むことがあった。その折、わずかだが、茂吉に手当てを渡していたのだ。

市之介は懐から財布を取り出すと、これまでと同じように一分銀を二枚取り出し、

「何かのときに、使ってくれ」

と言って、茂吉に握らせた。

「旦那さま、これでやる気が出やした」

そう言って、茂吉はニンマリと笑い、巾着を取り出して、一分銀をしまった。また、旦那が旦那さまになった。二分が利いたらしい。

「笠松屋に押し入った賊が、どうしたのだ」

市之介があらためて訊いた。

「笠松屋を出たっきり、消えちまったらしいんで」

茂吉が顔の笑いを消して言った。

「おれも、それらしい話を聞いたぞ」

市之介は、笠松屋で話を聞いたとき、政五郎という手代から、賊が店を出た後のことを耳にした。政五郎たちは通りに出て、夜鷹そばの親爺にも話を聞いたが、

賊らしい五人の姿を見なかったという。

「旦那たちが帰《けえ》った後も、御用聞きたちが、笠松屋の近所をまわって聞き込みにあたったようでさァ。……それでも、五人の賊を見た者がいねえ」

「妙だな」

市之介も、賊の姿を見掛けた者がいてもいいと思った。笠松屋の前の通りは、五ツ（午後八時）を過ぎても、人通りが途絶えるわけではなかった。夜鷹そばもそうだが、遅くまで仕事をした職人や酔っ払いなどが通りかかる。それに、通り沿いの飲み屋や料理屋などは、まだ店をひらいているだろう。

「押し込みは、笠松屋を出た後、消えちまったと、御用聞きたちが話してましたぜ」

茂吉が言った。

「消えたわけでは、あるまいが……。まさか、近所に盗賊の隠れ家があるのではあるまいな」

市之介がつぶやくと、

「そうかもしれねえ」

茂吉が目をひからせて言った。

7

市之介は茂吉と話した翌日、やることなく座敷で横になっていると、玄関先で話し声が聞こえた。誰か来たようである。つるの声はすぐに聞き取れたが、相手がだれか分からない。くぐもった男の声だった。

いっときすると、おみつが顔を出し、

「小出《こいで》さまが、おみえです」

と、声をひそめて言った。

「小出どのか」

そう言って、市之介は立ち上がると、足がもつれたふりをして、おみつをそっと抱きしめた。

「まァ！」

おみつは顔を赤く染めて、身を硬くした。

「今夜な」

市之介はおみつの耳元でささやいて、乱れた小袖の裾を直した。

おみつは、「嫌なひと」とつぶやいたが、顔を赤くしたまま市之介のそばから離れなかった。

市之介はおみつより先に座敷を出ると、客間にむかった。

小出孫右衛門《まごえもん》は、大草家に仕える用人だった。御目付の大草主計の使いとして青井家に来たのであろう。これまでも、小出は大草の指示で来ることが多かったのだ。

市之介は客間にむかった。小出はいつものように客間にいるはずである。客間のそばまで来ると、つると小出の話し声が聞こえた。小出は、つるが大草家にいるときから奉公していたので、つるのことをよく知っていたのだ。

市之介が客間の障子をあけると、

「青井さま、お久し振りでございます」

と、小出が笑みを浮かべて言った。

「市之介、兄上の御用のようですよ」

つるが、言った。

市之介がつるの脇に座すと、

「青井さま、大草家に来ていただきたいのですが」

小出が言った。

小出は、還暦にちかい老齢だったが、矍鑠《かくしゃく》して老いは感じさせなかった。大柄で姿勢もよく、肌には艶があった。

「これからか」

市之介が訊いた。

「はい、殿は下城され、青井さまをお待ちになっているはずです」

「伯父上がお待ちでは、すぐに行かねばならんな」

市之介は、小出が青井家に来たと聞いたときから、大草の呼び出しであろうと思っていた。

「市之介、着替えなさい」

つるが、小声で言った。

市之介は、すぐに立ち上がった。そして、居間に行くと、つるとおみつに手伝ってもらって羽織袴に着替えた。

市之介はつるとおみつに見送られ、小出といっしょに玄関を出た。

大草家の屋敷は、神田小川町《おがわまち》にあった。神田川沿いの通りに出て西にむかい、昌平橋《しょうへいばし》を渡ればすぐである。

小川町に入り、大身の旗本屋敷のつづく通りをいっとき歩くと、大草家の門前に出た。屋敷は千石の旗本にふさわしい豪壮な長屋門を構えていた。小出は、いつものように表門の脇のくぐりから、市之介を門内に入れた。そして、屋敷内の庭に面した部屋に市之介を案内した。そこは、大草が市之介と会うときに使われる座敷である。

座敷に、大草の姿はなかった。小出は、「殿はすぐにお見えになります」と言い残し、座敷から出ていった。

市之介が座敷に座していっとき待つと、廊下をせわしそうに歩く足音がして障子があいた。姿を見せたのは、大草である。小袖に角帯という寛《くつろ》いだ格好だった。下城後に、着替えたのであろう。

「市之介、久し振りだな」

そう言って、大草は市之介と対座した。

大草は五十を過ぎていた。老齢といっていい。面長で、目が細く、ほっそりしている。つるに似た体軀《たいく》である。武芸などには縁のなさそうな華奢な体だが、双眸《そうぼう》には能吏《のうり》らしい鋭いひかりが宿っていた。

「つるとおみつは、息災かな」

大草が笑みを浮かべて訊いた。

「はい」

「赤子は、まだかな」

「そのうちに……」

市之介は顔を赤らめ、語尾を濁した。何とも、返答のしようがなかった。

「また、市之介に頼みがあるのだ」

大草が、静かな声で言った。顔の笑みが消えている。

「……」

市之介は、無言でちいさく頭を下げた。

「本石町の両替屋に、賊が押し入ったそうだな」

「はい」

やはり、そのことか、と市之介は思った。おそらく、糸川から大草の耳に入ったのだろう。

「店の奉公人が、賊に斬り殺されたと聞いたが」

「そのようです」

市之介は曖昧な言い方をした。斬り口を見たとは、言えなかった。非役の身で、事件に首をつっ込んだと思われたくなかったのである。

「糸川の話では、下手人は腕のたつ者らしいということだが」

「そうかもしれません」

「賊の身装《みなり》は、町人体だったが、武士ということもあるな」

「……」

市之介は、ちいさくうなずいた。胸の内には、大草が口にしたように武士ではないかとの思いがあったのだ。

「武士となると、このまま放っておくわけにはいくまい。町方が先に賊を捕らえ、一味のなかに幕臣がくわわっていたということになれば、わしらの立場がないからな」

大草が顔を厳しくして言った。

市之介は、大草が口にしたことは予想していたが、何も言わなかった。

「また、市之介に頼みがある」

大草が市之介を見つめた。

「何でしょうか」

「糸川たちに手を貸し、賊のなかに幕臣がいたかどうか探り、幕臣がいれば、町方より先に始末してくれ」

大草が、静かだが強いひびきのある声で言った。

8

市之介は大草に顔をむけ、

「それがしは、目付筋の者ではございません」

と、きっぱりと言った。

市之介は、賊のなかに遣い手がいるとみていた。下手にやり合えば、始末されるのは市之介かもしれない。

「市之介が、何らかの役目につけるよう、わしが幕府の重臣たちに働きかけているのは、知っておろうな。……だが、なかなかむずかしい」

大草は眉を寄せた。

「……」

市之介は、無言で頭を下げたが、不満そうな表情が顔に出た。以前から、大草は市之介が五百石ほどの役職につけるよう、尽力していることを口にした。だが、一向に実現しなかった。ちかごろは、大草は口だけで、何もしていないのではないか、と市之介は思うようになっていた。

大草は市之介の渋い顔を見て、

「分かった。また、手当てを出そう」

と、顔をしかめて言った。

「お手当てをいただけるのですか」

市之介が身を乗り出した。この場で金を貰えるなら、これほど確かなことはない。

「仕方ない」

「糸川どのたちとともに盗賊が何者たちかを探り、幕臣がかかわっていれば、始末いたします」

市之介は、きっぱりと言った。ただ、相手が腕のたつ者であれば、捕らえるのはむずかしいとみていた。斬り合いになるだろう。

「頼むぞ」

大草は懐から袱紗《ふくさ》包みを取り出し、

「百両ある。……これで、嫁やつるに美味しい物でも食べさせてやってくれ」

そう言って、袱紗包みを市之介の膝先に置いた。

袱紗包みには、いつものように切餅が四つ包んでありそうだった。切餅ひとつには、一分銀が二十五両分包んであった。したがって、切餅四つで百両である。大草の胸の内には、市之介に相応の金を渡し、青井家を援助してやりたいという思いもあるようだ。

「伯父上のお心遣い、市之介は終生忘れません」

市之介はそう言うと、深々と大草に頭を下げた。

市之介が自邸にもどり、座敷で着替えていると、縁先に近寄ってくる足音がした。茂吉らしい。

「旦那さま、おいでですか」

と、障子の向こうで、茂吉の声がした。旦那さまと呼んだのは、座敷につるやおみつがいるかもしれないと思ったからだろう。

「いるぞ」

と、市之介は声をかけ、着替え終えてから障子をあけた。

縁側の前に、茂吉が立っていた。ニヤニヤしている。

「どうした」

市之介が訊いた。

「旦那が、小川町のお屋敷に行かれたと耳にしやしてね」

茂吉は、小川町に伯父の大草家の屋敷があることを知っていた。

「所用でな」

市之介が、素っ気なく言った。

「御目付さまとお会いになられたのなら、いよいよ本腰を入れて事件を探ることになりやすね」

「まァ、そうだ」

市之介は否定しなかった。

「すぐにも、旦那の耳に入れておきたいことがありやして」

茂吉が、真顔になって言った。

「なんだ」

「岡造《おかぞう》ってえ、御用聞きから耳にしたんですがね。……押し込みが笠松屋に押し入った夜、ふたりの武士が、歩いているのを見た者がいるようでさァ」

茂吉が、声をひそめて言った。屋敷内にいるおみつとつるに聞こえないように気を使ったようだ。

「笠松屋の近くか」

市之介が訊いた。

「それが、笠松屋から二町ほど離れた路地だそうで」

「表通りでは、ないのか」

「へい、表通りとつながっている路地のようで」

「武士がふたり、歩いているのを見掛けただけか」

それだけのことで、事件とつなげるのは、無理ではないか、と市之介は思った。

「それが、ひとりの武士の小袖に、黒い染《し》みのようなものが付いていたらしいんでさァ」

茂吉が目を剝いて言った。

「黒い染みな」

「岡造に話した男は、血のようだったと言ってたそうで」

「血だと！」

市之介の声が大きくなった。

「暗かったので、黒く見えたんじゃァねえかな」

「そうかもしれぬ」

市之介が言った。暗がりで、着物に付いた血を目にすれば、黒く見えるだろう。

「あっしは、そのふたりが、笠松屋に押し入った夜盗のなかにいたとみたんでさァ」

そう言って、茂吉が目をひからせた。

「茂吉、岡造がふたりの武士を見掛けたという路地だが、どこにあるか聞いているか」

市之介は、念のために路地に入ってみようと思った。

「聞いてやす」

「路地に行ってみるか」

市之介は西の空に目をやって言った。

陽は、すでに沈んでいた。西の空は茜色に染まり、庭の木々の陰には、淡い夕闇が忍び寄っている。

「明日だな」

市之介が、つぶやくような声で言った。

第二章　岡っ引き殺し

1

市之介は茂吉とふたりで屋敷を出ると、本石町四丁目にむかった。

本石町四丁目の表通りは、いつもと変わりなく賑わっていた。様々な身分の男女が、行き交っている。

市之介と茂吉は、通り沿いにある笠松屋の近くまで来た。

「旦那、店をひらいてやすぜ」

茂吉が、笠松屋を指差して言った。

店の表戸はあき、両替にきたと思われる男たちが、出入りしていた。商売がら女の姿はあまりなかった。

「店に寄ってみやすか」

茂吉が訊《き》いた。

「いや、寄らずに行こう」

いまになって、番頭の安蔵や奉公人たちから話を訊いても、新たなことは何も出てこないだろう。それに、商売の邪魔になる。

市之介と茂吉は、笠松屋の前を通り過ぎた。そして、二町ほど歩いたところで、茂吉が足をとめ、

「そこの呉服屋の脇ですぜ」

と言って、土蔵造りの呉服屋を指差した。

店の脇に、路地があった。路地沿いには、小体な店が軒を連ねていた。表通りほどではないが、行き交う人の姿も見られた。土地の住人が多いようだ。

「入《へえ》ってみやすか」

茂吉が言った。

「そうだな」

市之介と茂吉は、路地に入った。

路地沿いには、八百屋や瀬戸物屋など暮らしに必要な物を売る店と、小体なそ

ば屋、一膳めし屋、酒屋などの飲み食いできる店が目についた。

「だれかに、訊いてみやす」

茂吉はそう言って、通りかかった年配の町人に、

「ちょいと、すまねえ」

と、声をかけた。

市之介は、この場は茂吉にまかせるつもりで身を引いた。

「おれかい」

年配の男は、怪訝《けげん》な顔をして足をとめた。

「訊きてえことが、あるんだがな」

そう言って、茂吉は懐から十手を取り出した。知り合いの岡っ引きからもらった古い十手である。茂吉は、聞き込みにまわるとき、十手を持ち歩くことがあった。岡っ引きと思わせるためである。

「親分さんですかい」

男が、首をすくめて言った。

「表通りの笠松屋に押し込みが入《へえ》ったのを知ってるかい」

「知ってやす」

男がちいさくうなずいた。茂吉のことを、笠松屋に押し入った賊《ぞく》のことを調べにきた岡っ引きとみたようだ。

「その夜、おめえはどこにいた」

茂吉が訊いた。

「家にいやした」

「暗くなってから、この路地に出なかったかい」

「あの日は、夕めしのときに一杯やって、そのまま寝ちまってんでさァ」

男は、照れたような顔をして言った。

「そうかい。……この路地で、遅くまで店をひらいてるのは、どこだい」

茂吉が路地に目をやって訊いた。

「そこの一膳めし屋かな」

男はそう言って、路地沿いにある一膳めし屋を指差した。

繁盛している店らしく、客らしい男の姿が何人も見えた。店先の長床几《ながしょうぎ》に腰を下ろして酒を飲んでいる男が三人いた。何やら話しながら飲んでいる。

「一膳めし屋で、訊いてみるぜ」

茂吉はそう言って、男から離れた。

市之介は茂吉の背後に近付き、

「その夜、店先で飲んでいた男がいれば、そやつもふたりの武士を目にしたかもしれんぞ」と、耳打ちした。

「訊いてみやす」

茂吉は一膳めし屋に近付いた。

市之介は茂吉にまかせることにし、店の脇で足をとめた。

茂吉は、一膳めし屋の店先の長床几に腰を下ろしている三人に近付いた。笠松屋に賊が押し入った夜も、店の外にある長床几に腰を下ろしていれば、ふたりの武士の姿を目にしたかもしれない。

茂吉は長床几の脇に腰を下ろして飲んでいた小柄な男に身を寄せ、

「訊きてえことがある」

と、声をかけた。

「何でえ、藪《やぶ》から棒に」

男が顔をしかめて言った。

「お上の御用でな」

そう言って、茂吉は懐に手をつっ込んで十手をのぞかせた。すると、男の態度

がころりと変わり、

「親分さんで」

と、首をすくめて言った。

茂吉は、笠松屋に賊が入った日のことを話してから、

「その夜、この店で飲んでいたやつはいねえかい」

と、声をひそめて訊いた。

「おい、辰《たつ》、おめえ笠松屋に押し込みが入《へえ》った夜、ここで飲んでたんじゃァねえのかい」

男が、脇の長床几に腰をかけて飲んでいた浅黒い顔をした男に声をかけた。

「飲んでやした」

辰と呼ばれた男が、小声で言った。

茂吉はすぐに男のそばに行き、名を訊くと、辰次郎《たつじろう》とのことだった。

「辰次郎、笠松屋に押し込みが入った夜、ここで一杯やってたのかい」

「へえ」

辰次郎が、首をすくめるようにうなずいた。

「その夜、二本差しがふたり、この店の前を通りかかったはずなんだが、目にし

なかったか」

茂吉が声をあらためて訊いた。

「見やした」

「見たか！　それで、ふたりは、どっちにむかって歩いていた」

すぐに、茂吉が訊いた。

「表通りの方へいきやした」

「何か気の付いたことはねえかい」

「さァ」

辰次郎は首をひねっていたが、

「あっしのそばを通ったとき、ひとりが、まだ、足りねえと言ってやした」

「何が足りねえんだ」

「あっしには、分からねえ」

辰次郎が言った。

茂吉がふたりの武士の身装《みなり》を訊くと、小袖に袴姿で大小を帯びていたという。

「牢人のように見えたかい」

さらに、茂吉が訊いた。

「髷《まげ》もちゃんと結ってたし、牢人には見えなかったなァ」

辰次郎が首をかしげながら言った。

それから、茂吉が、ふたりの武士を他の場所でも見たことがあるか訊くと、辰次郎がふたりとも初めて見る顔だったと話した。

「手間をとらせたな」

茂吉は、一膳めし屋の店先から離れた。辰次郎からこれ以上訊くことはなかったのである。

市之介と茂吉はさらに路地を歩き、ふたりの武士のことを聞き込んだが、あらたなことは知れなかった。

2

市之介が茂吉とふたりで青井家の門から出ると、通りの先に、ふたりの武士の姿が見えた。

「糸川さまと、佐々野さまですぜ」

茂吉が言った。

糸川と佐々野が、こちらにむかって足早に歩いてくる。市之介も、ふたりに近付いた。ふたりは、市之介を訪ねてきたとみたのである。

市之介はふたりと顔を合わせると、

「おれのところへ来たのか」

と、足をとめて訊いた。

「そうだ。御目付の大草さまに会われたそうだな」

糸川が言った。

「また、おぬしたちといっしょに、事件にあたることになった」

市之介は、神田川の方に歩きながら言った。糸川と佐々野は、市之介の後ろについてきた。

「おれたちは、御目付から、青井といっしょに事件の探索にあたるようにとの御指図を受けたのだ」

糸川が言うと、佐々野もうなずいた。

「それにしても、厄介な事件だな」

市之介が、歩きながら言った。

「ところで、青井はどこへ行くつもりなのだ」

糸川が訊いた。

「笠松屋の近くだ」

市之介はそう言った後、昨日、笠松屋の近くの路地で、ふたりの武士のことを探ったことを話した。

「その武士が、盗賊の仲間とみたのか」

糸川が、身を乗り出すようにして訊いた。

「ふたりが盗賊かどうかはっきりしないが、事件と何かかかわりがあるような気がするのだ」

市之介は茂吉の話として、岡造という岡っ引きが、ふたりの武士のうちのひとりの小袖に、血と思われる黒い染みが付いていたのを聞き込んだことを言い添えた。

「岡造という御用聞きなら知っているぞ。その男は、野宮《のみや》どのの手先だ」

糸川が言った。

野宮清一郎《せいいちろう》は、北町奉行所の定廻《じょうまわ》り同心だった。これまでの事件で、市之介は野宮の手を借りたことがあり、知らない仲ではなかった。ただ、野宮は町方同心なので、協力して探索にあたるのは難しい。

「町方も、此度《こたび》の件の探索には、だいぶ力を入れているようだな」

糸川によると、笠松屋の近所で聞き込みにあたったとき、町方の手先の岡っ引きたちを何度も目にしたという。

そのとき、市之介の後ろを歩いていた茂吉が、

「あっしも、御用聞きたちを何人か見やしたぜ」

と、身を乗り出すようにして言った。

「町方に、先を越されるかもしれんな」

市之介は、町方が先に盗賊を捕らえることはかまわないが、そのなかに幕臣がくわわっていて捕縛されるのはまずいと思った。御目付である大草の顔をつぶすことになる。

市之介たちは、そんなやり取りをしながら歩いているうちに、本石町四丁目の笠松屋の近くまで来ていた。

笠松屋はひらいていた。客らしい男が、頻繁に出入りしている。

「どうする」

糸川が訊いた。

「笠松屋で、その後何かあったか訊いてみるか。……それに、事件のことで何か

思い出したことがあるかもしれない」

市之介はそう言ったが、笠松屋の奉公人に町方の動きも訊いてみたかった。おそらく、何度か聞き込みにきたはずである。

市之介は、茂吉に、「近所で、聞き込んでくれ」と言ってから、糸川たちと暖《の》簾《れん》をくぐった。

笠松屋の店内は、客が多かった。手代たちが、台秤《だいばかり》で金、銀の重さをはかったり、算盤《そろばん》をはじいたりしている。

帳場格子のむこうには、番頭の安蔵の姿もあった。安蔵は店に入ってきた市之介たち三人を見ると、すぐに立ち上がった。そして、手代や客たちの間を腰をかがめて歩き、市之介たちのそばまで来て座した。

「おれたちのことを覚えているか」

市之介が、小声で訊いた。

「は、はい、お上の方だと聞いております」

安蔵が、顔をこわばらせて言った。番頭は目付と言えないので、お上の方と口にしたようだ。

「その後、何かあったか、訊いてみようと思ってな」

市之介は、客たちに聞こえないように安蔵に身を寄せて言った。

「どうぞ、お上がりになってください。ここで話すわけには……」

安蔵が、戸惑うような顔をした。客の目が、市之介たち三人にそそがれているのを気にしているようだ。

「手間をかけるな」

市之介は、上がり框《がまち》から座敷に上がった。糸川と佐々野も、市之介につづいた。

安蔵が市之介たちを連れていったのは、帳場の奥にあった小座敷だった。そこは、大事な客を入れる座敷らしかった。座布団や莨盆《たばこぼん》などが用意してある。

安蔵は市之介たち三人が座るのを待ち、

「お客さまは、以前と同じように店に来てくれるようになりました」

と、ほっとした顔をして言った。

「その後、町方が調べに来たようだが、何か新たなことがあったのか」

市之介が訊いた。

「何もありません」

安蔵がきっぱりと言った。

「御用聞きも、話を訊きにきたのではないか」

「来ました、何人も」

安蔵が、眉を寄せて言った。店にしてみれば、奪われた金がもどるわけではなく、岡っ引きたちが店に出入りすることは、かえって迷惑なのかもしれない。

「岡造という男も来たのか」

市之介が訊いた。

「来ました、何度も」

「そうか」

岡造は執拗《しつよう》に盗賊のことを探っていたようだ、と市之介は思った。

つづいて口をひらく者がなく、座敷が重苦しい沈黙につつまれたとき、

「つかぬことを訊くが、盗賊が押し込む前、武士が店の様子を探っていたことはなかったか」

と、市之介が訊いた。

「気付きませんでした」

安蔵はそう言った後、

「岡造という親分さんにも、お侍が店の様子を探りにきたことはないか訊かれましたが、そうしたことはございません、とお答えしました」

「岡造も、武士に目をつけたのか」

市之介がそう言って口をつぐむと、糸川がつづいて、その後、何か気付いたことはないか訊くと、

「ございません」

と、安蔵は小声で言った。

市之介たちは、腰を上げた。これ以上、店の者から話を聞いても何も出てこないと思ったのだ。

3

「旦那、旦那」

縁先で茂吉が市之介を呼んでいる。

市之介は、いつもとちがって、茂吉が縁先から旦那と声をかけたのを聞いて、何かあったなと思った。それに、茂吉の声に、昂《たかぶ》ったひびきがあったのだ。

市之介は障子をあけて縁側に出ると、

「どうした、茂吉」

すぐに、訊いた。

「殺《や》られやした！　岡造が」

茂吉が声高に言った。

「岡造だと」

咄嗟《とっさ》に、市之介は岡造が何者なのか頭に浮かばなかった。

「御用聞きの岡造でさァ」

「笠松屋のことで、探っていた男か」

「そうで」

「どこで、殺されたのだ」

岡造は、笠松屋に押し入った賊に殺されたのではないか、と市之介は思った。

「笠松屋の先の路地でさァ」

「一膳めし屋で、話を訊いた路地か」

「そうでさァ」

茂吉が、本石町四丁目にむかう岡っ引きから、岡造が殺されたことを聞いたと言い添えた。

「すぐ、行く」

市之介は、茂吉に門の近くで待っているように話し、いったん座敷にもどった。座敷には、おみつの姿があった。顔が強張《こわば》っている。市之介と茂吉のやり取りを耳にしたらしい。

「大事が起こった。すぐに、行かねばならぬ」

そう言って、市之介は羽織袴姿に着替え、大刀を手にして玄関にむかった。

門の前で茂吉が待っていた。

「行くぞ」

市之介が、茂吉に声をかけた。

ふたりは、足早に武家屋敷のつづく通りを神田川の方にむかった。本石町四丁目に出て、笠松屋の近くまで来たが、店は昨日と同じようにひらいていた。

ふたりは、笠松屋の前も足をとめずに通り過ぎた。そして、呉服屋の脇の路地に入った。路地をいっとき歩くと、人だかりができていた。近所の住人が多いようだが、岡っ引きや下っ引きたちの姿もあった。

「八丁堀の旦那も、いやすぜ」

茂吉が、前方を指差した。町方同心は、八丁堀同心ふうの格好をしているので、遠目にもそれと知れる。

「野宮どのだ」

人だかりのなかほどに、定廻り同心の野宮の姿があった。殺された岡造の検屍《けんし》にあたっているのではあるまいか。

茂吉は人だかりに近付くと、

「あけてくんな。お上のお調べだよ」

と、声をかけた。市之介のことを幕府の目付筋でなく、町方か火盗改と思わせるためである。

集まっていた野次馬たちは、市之介を見て、すぐに身を引いて道をあけた。

人だかりのなかほどにいた野宮が立ち上がり、市之介の姿を見ると、

「青井どのか」

そう言って、野宮はすこし身を引いた。足元に、男がひとり横たわっていた。

殺された岡造らしい。

岡造は仰向けに倒れていた。周囲の地面が、飛び散った血で赭黒《あかぐろ》く染まっている。

「死体《ほとけ》は、御用聞きか」

市之介が、野宮に訊いた。

「おれが手札を渡している御用聞きだ」

野宮は、岡造という名を口にした。

「下手人は、武士だな」

市之介は、あらためて横たわっている岡造に目をやった。額を縦に斬られていた。深い傷で、傷口から頭骨が白く覗いていた。凄絶な死顔である。

激しく出血したらしく、岡造の顔は血塗《ちまみ》れだった。赭黒く染まっている。カッと見開いた両眼が、血糊《ちのり》のなかに白く浮き上がったように見えていた。

「真っ向へ、一太刀か」

下手人は、遣い手らしい、と市之介はみた。

「岡造は探っていた武士に、返り討ちに遭ったのかもしれん」

野宮が眉を寄せて言った。

「岡造は、武士を追っていたのか」

市之介が訊いた。

「そうらしい。笠松屋に押し入った賊のなかに、武士がいるとみたようだ」

「追っていた武士の目星は、ついていたのか」

「いや、まだだ。……笠松屋に賊が押し入った夜、この辺りで千両箱らしい物を持って歩いていた男を目にした者がいると聞き込んで、探りにきていたらしい」

そう言うと、野宮は、「手先たちに、聞き込みに当たらせるつもりだ」とつぶやき、その場を離れた。

市之介が岡造の死体に目をやっていると、人だかりが割れて、糸川と佐々野が顔を出した。

「ここだ」

市之介が手を上げた。

糸川と佐々野は、人だかりを抜けて市之介のそばに来た。

「この男は、御用聞きだそうだな」

糸川が、血塗れの岡造の死体を見て言った。

「岡造という男だ」

市之介は、岡造が笠松屋に押し入った賊を追っていたことと、野宮の手先であることをかいつまんで話した。

「下手人は、武士らしいな」

糸川が、言った。

「それも、腕がたつ」

市之介がそう言ったとき、

「笠松屋の手代の吉次郎を斬った男ではないか」

と、佐々野が言った。

「この傷口だけでは何とも言えないが、いずれにしろ、五人の賊のなかに遣い手の武士がいるとみていいな」

武士は、ひとりではない、と市之介はみた。それというのも、賊の五人はいずれも町人体の格好をしていて、長脇差を差していたと聞いていたからだ。武士であることを隠すためにそうしたのでは、あるまいか。

4

市之介たち三人が岡造が殺された場から離れると、茂吉が走り寄ってきた。

「旦那、何か知れやしたか」

先に、茂吉が市之介に訊いた。

「岡造を殺したのは、腕のたつ武士らしいと分かっただけだ」

そう言った後、市之介はすぐに、「茂吉は、どうだ」と訊いた。

「あっしは、近所に住む男たちから話を聞いたんですがね」

と、茂吉は前置きし、岡造はここ数日、この路地界隈に住む武士のことを聞き込んでいたと話した。

「その武士が、盗賊のひとりとみたのではないか」

市之介が言った。

「あっしも、そうみやした」

「岡造は、その武士のことで何かつかんでいたのかな」

「確かなことは、つかんでなかったような気がしやす。岡造は、武士の名も体付きも口にしなかったようでさァ」

「いずれにしろ、岡造は盗賊のなかに武士がいるとみていたようだ。その武士は、この路地と何かかかわりがあると踏んで、ここに探りに来ていたのだろう」

「まちがいねえ」

茂吉が目をひからせてうなずいた。

市之介が口をとじていると、茂吉が市之介に身を寄せ、

「ちょいと、気になることがありやしてね」

と、声をひそめて言った。

「何だ、気になるとは」

「御用聞きたちでさァ。この場を離れて、聞き込みにあたる者がいねえんで」

「どういうことだ」

「岡造が殺られたのを見て、みんな怖がってるんでさァ」

「うむ……」

市之介の脳裏に、岡造の無残な死体が蘇《よみがえ》った。

「あの死体《ほとけ》を見れば、御用聞きたちも二の足を踏むかもしれないな」

市之介が、眉を寄せてつぶやいた。

「おい、岡造を斬った者は、それが狙いだったのではないか」

糸川が、昂った声で言った。

「そうかもしれぬ」

下手人は、あえて岡造の無残な死体を路傍に晒《さら》しておいたのではないか、と市之介も思った。

市之介たち四人は、路傍に立ったまま口をとじていたが、

「ここで、手を引いたら賊の思う壺だぞ」

そう言って、市之介は糸川たちに目をやった。

「よし、おれたちは、界隈で聞き込みにあたってみよう。下手人を見た者がいるかもしれない」

糸川は高揚しているらしく、顔が紅潮していた。

市之介たち四人は、二手に分かれて聞き込みにあたることにした。市之介と茂吉、糸川と佐々野が組むのである。

市之介は茂吉とふたりになると、

「茂吉、どの辺りで聞き込みにあたったのだ」

と、声をあらためて訊いた。

「この先だが、近くですぜ」

そう言って、茂吉は路地の先を指差した。

「もうすこし、先まで行ってみるか」

市之介と茂吉は、路地の先にむかった。

一町ほど歩くと、茂吉が、

「あっしが聞き込んだのは、この辺りで」

と、周囲に目をやりながら言った。路地沿いには小体な店が並んでいた。

市之介たちは、さらに歩いた。路地沿いには店がすくなくなり、仕舞屋が目につくようになった。同じ造りの借家ふうの家屋もある。

「この辺りで、聞いてみるか」

そう言って、市之介が路傍に足をとめた。

市之介は、こちらに歩いてくるふたり連れの職人ふうの男を目にとめると、

「おれが、訊いてみる」

と言って、ふたりに近付いた。

ふたりの男は、近付いてくる市之介を目にすると、不安そうな顔をして足をとめた。見ず知らずの武士が、近付いてきたからだろう。

「ちと、訊きたいことがある」

市之介が、穏やかな声で言った。

「な、なんです」

顔の浅黒い年配の男が、声をつまらせて言った。すこし、声が震えている。

「この辺りに、武士の住む家はないかな。わしの知り合いが、この辺りに越してきたと聞いたので、来てみたのだ」

市之介は、適当な作り話を口にした。界隈は町人地で、武家屋敷はない。武士が住んでいれば、土地の者の目にとまるだろう。

「お武家さまの住む家ですかい」

年配の男が首をひねった。

すると、脇にいた若い長身の男が、

「お侍が住んでる家が、ありやすぜ」

と、身を乗り出すようにして言った。

「どこにある」

市之介が訊いた。

「この先でさァ」

若い男は後ろを振り返り、

「一町ほど先に借家がありやしてね。そこに、お侍が住んでると聞きやした」

と、指差して言った。

「独り暮らしか」

「さァ……。あっしは、お侍が住んでると聞いただけなんで」

若い男が、首をすくめて言った。

「いや、助かった」

市之介は若い男に礼を言い、その場を離れた。借家のある近くで訊けば、はっきりするだろう。

5

「旦那、あれだ」

茂吉が路傍に足をとめて指差した。

路地沿いに同じ造りの借家らしい建物が、三棟並んでいた。どの家にも、低い板塀がめぐらせてあった。

「武士が、住んでいるのは、どの家かな」

市之介が言った。三棟、それぞれに、武士が住んでいるとは思えなかった。

「あの女に、あっしが訊いてみやしょう」

茂吉が、路地の先から歩いてくる子供連れの女を目にとめて言った。

茂吉は女と何やら言葉を交わしていたが、すぐにもどってきた。そして、市之介のそばに来ると、

「一番先の家のようですぜ」

と、小声で言った。

市之介と茂吉は、子連れの女をやり過ごしてから、三棟並んでいる借家に近付いた。手前の二棟は、町人が住んでいるらしかった。家のなかから、子供の声と母親らしい女の声が聞こえたのだ。おそらく、亭主は働きに出て家にはいないだろう。

市之介と茂吉は通行人を装って、三棟目の家の戸口に近付いた。ひっそりとして、ひとのいる気配はなかった。

「留守のようですぜ」

茂吉が言った。

「武士が、住んでいるかどうかだけでも知りたい」

市之介は家の前を通り過ぎてから言った。

「旦那、あそこに畳屋がありやすぜ」

茂吉が路の先を指差した。

家のなかで、畳床《たたみどこ》に縁《へり》を縫い付けている男の姿が見えた。背後に別の男がいるようだったが、何をしているか見えなかった。

「あっしが、訊いてきやす」

茂吉が小走りに畳屋にむかい、縁を縫っていた男と何やら話していたが、いっときすると、もどってきた。

「旦那、二本差しが住んでるようですぜ」

すぐに、茂吉が市之介に言った。

「牢人か」

「それが、畳屋の親爺も、二本差しが借家に出入りするのを何度か目にしただけらしくて、はっきりしねえんでさァ」

「そうか」

「家の近くを歩いているのを見掛けたときもあるそうですぜ」

「畳屋は、その武士がどんな姿だったか、覚えていたか」

市之介は、武士の身装《みなり》で牢人か主持ちの武士か、知れると思った。

「羽織袴姿で、大小を差してたそうでさァ」

「牢人ではないな」

市之介は、幕臣ではないかと思った。

大名家の家臣が、町宿《まちやど》と称して藩邸外に借家を借りて住むことがある。だが、日本橋に近い賑やかな地に、大名家の家臣が家を借りて住むとは思えなかった。となると、幕臣ということになりそうだが、幕臣には、それぞれの屋敷がある。

幕臣のなかで、借家に住むとすれば、家を出た次男、三男ということになりそうだが、まだ決め付けることはできない。大名家の家臣でも、脱藩した者なら借家に身を隠して住むことがあるだろう。

市之介が路傍に立って考えをめぐらせていると、

「旦那、どうしやす」

と、茂吉が訊いた。

「借家の住人は何者か、探ってみねばならないな。ともかく、糸川たちと分かれた場所にもどろう」

市之介は、糸川たちが分かれた場所にもどっているのではないかと思った。

市之介と茂吉が、岡造の死体があった近くにもどると、糸川と佐々野が待っていた。

「すまぬ。遅くなった」

市之介が、糸川に声をかけた。

「いや、おれたちも、もどったばかりだ」

糸川が言った。

「歩きながら話すか」

市之介は、それぞれの屋敷のある御徒町の方へもどりながら話そうと思った。

路地から本石町四丁目の表通りに出たところで、

「おれから話そう」

と、市之介が言い、路地の先に武士の住む借家があったことを話した。

「住んでいるのは、幕臣か」

すぐに、糸川が訊いた。やはり、幕臣かどうか気になったようだ。

「分からないが、身装からみて、牢人ではないな」

「幕臣かもしれんな」

糸川の顔が厳しくなった。

「ところで、糸川たちは何か知れたか」

市之介が訊いた。

「岡造が殺されていた路地を歩いて、話を訊いたのだが、気になることを耳にした」

「気になるとは」

すぐに、市之介が訊いた。

「あの路地沿いに住む者から訊いたのだが、ふたり連れの武士が歩いているのを見た者がいるのだ」

「武士の身装は」

市之介が訊いた。

「羽織袴姿で、二刀を帯びていたようだ。……大名家の家臣でなければ、幕臣ということになりそうだ」

「ふたりとも、同じような身装か」

「そのようだ」

「どうやら、幕臣があの路地を何度か通ったようだな」

ふたりが笠松屋に押し入った賊かどうか、分からないが、何としても町方より早く賊の正体をつかんで捕縛したい、と市之介は思った。

6

「だ、旦那！　いやすか」

屋敷の庭で、茂吉の声がした。

座敷にいた市之介は、いつもの茂吉の声とちがうので、横になっていたが、すぐに身を起こした。そして、庭に面した障子をあけた。

「旦那、押し込みですぜ！」

茂吉が、市之介の顔を見るなり声を上げた。

「別の店に入ったのか」

市之介が声高に訊いた。

「そうでさァ。また、店の者が殺《や》られたようですぜ」

茂吉が昂った声で言った。

「場所は、どこだ」

「本町《ほんちょう》二丁目の呉服屋でさァ」

本町二丁目は、笠松屋のある本石町の南にある大きな通り沿いにひろがってい
た。その通りは、奥州街道ともつながっている。

「すぐ行く。表で待っていろ」

市之介は茂吉に指示し、いったん座敷にもどった。着替えようと思ったのであ
る。そこへ、おみつとつるが慌てた様子で、座敷に入ってきた。市之介と茂吉の
やり取りを耳にしたようだ。

「おまえ、どこかに出かけるのかい」

つるが、おっとりした口振りで訊いた。

「大事が出来《しゅったい》しました。すぐに、行かねばなりません」

市之介は、座敷の隅に置かれた衣桁《いこう》に掛けてあった袴を急いで穿くと、

「旦那さま、これを」

おみつが、刀掛けにあった大小を市之介に渡した。

市之介はおみつとつるに見送られて、玄関から飛び出した。玄関の脇で、茂吉が待っていた。

市之介は神田川にかかる和泉橋の方にむかいながら、

「呉服屋の店の名は」

と、茂吉に訊いた。

「堂島屋《どうじまや》でさァ」

「聞いたことのない店だな」

本町二丁目に店を出しているなら、名の知れた老舗と思ったが、市之介は堂島屋という呉服屋の名は聞いたことがなかった。もっとも、市之介が呉服屋に立ち寄ることは、滅多にないので、市之介が知らないだけかもしれない。

「ところで、茂吉は堂島屋に賊が押し入ったのをだれから聞いたのだ」

「御用聞きでさァ」

茂吉によると、青井家に来る途中、知り合いの岡っ引きから堂島屋に盗賊が押し入ったことを聞いたという。

市之介と茂吉は、そんなやり取りをしている間に和泉橋を渡り、さらに内神田の町筋を南にむかった。そして、奥州街道に突き当たると、街道を西に歩いた。

その街道の先に、本町二丁目はあるはずである。

本町二丁目の表通りは、賑わっていた。通り沿いには、大店《おおだな》が軒を連ね呉服屋も目についた。

本町二丁目をいっとき歩いたとき、

「旦那、あの店ですぜ」

と、茂吉が前方を指差して言った。

土蔵造りの店の前に、人だかりができていた。通りすがりの野次馬が多いようだが、岡っ引きや八丁堀同心の姿もあった。

店の脇の立て看板に、「呉服物品々　堂島屋」と記してある。堂島屋は、それほど大きな店ではなかった。もっとも、この辺りは大店が並んでいるので、目立たないだけかもしれない。

堂島屋の表の大戸はしまっていたが、笠松屋と同じように脇の一枚があいていて、そこから出入りできるようになっていた。

出入り口に、岡っ引きらしい男が立っていた。

茂吉が懐から十手を覗かせ、

「邪魔するぜ」

と言って、市之介を先導するように店内に入った。岡っ引きは、茂吉のことを火盗改の手先とでも思ったようだ。

店のなかは、薄暗かった。土間につづいて畳敷きのひろい売り場があり、左手の奥が帳場になっていた。

売り場には、大勢の男がいた。店の手代と丁稚、それに岡っ引きや下っ引きたちである。八丁堀同心も、三人来ていた。他の場所にもいるかもしれない。南北の奉行所から、定廻り同心が駆け付けたのだろう。

「旦那、野宮の旦那ですぜ」

茂吉が、帳場の方を指差して言った。

見ると、野宮が番頭らしい男と話していた。市之介は、野宮と番頭の話に割り込むのは悪いと思い、近くにいた手代らしい男に、

「店の奉公人か」

と、声をかけた。

「手代の洋次郎《ようじろう》でございます」

洋次郎は、蒼ざめた顔で身を顫《ふる》わせていた。

「賊に殺された者はいるのか」

市之介が訊いた。

「て、手代の与吉《よきち》が……」

洋次郎が声を震わせて、店の売り場の右手を指差した。そこに男たちが集まっていた。岡っ引きと店の奉公人たちが多いが、八丁堀同心の姿もあった。三上《みかみ》という南町奉行所の定廻り同心だが、市之介は三上の顔を見たことがあるだけで、言葉を交わしたことはなかった。

「賊は、何人だ」

市之介が洋次郎に訊いた。

「五人です」

洋次郎によると、店の奉公人の何人もが、踏み込んできた賊と顔を合わせたという。

「暮れ六ツ（午後六時）ごろ、押し入ったのだな」

市之介が念を押すように訊いた。

「そ、そうです」

「笠松屋の賊と同じだな」

市之介が、つぶやくような声で言った。賊の人数も侵入方法も、笠松屋に押し入った賊と同じである。

7

市之介が洋次郎から話を訊いているとき、戸口近くがざわついた。見ると、糸川と佐々野が、土間に入ってきた。

市之介は、糸川たちにむかって手を上げた。これまで耳にしたことを話しておこうと思ったのだ。

糸川たちは市之介の側にくると、

「笠松屋と同じ賊らしいな」

と、糸川が声をひそめて言った。店に入る前に、岡っ引きたちから耳にしたのだろう。

「そのようだ」

市之介は、殺された奉公人がいる、と声をひそめて言い、岡っ引きや奉公人が集まっている店の売り場の右手を指さした。

「まず、死体《ほとけ》を拝んでくるか」

市之介が言った。

「そうだな」

市之介たち三人は、人だかりができている場に近付いた。すると、岡っ引きや下っ引きたちが身を引いて、場所をあけた。武士が三人、近付いてきたので、遠慮したようだ。

このとき、茂吉は市之介たちから離れていた。店内にいる岡っ引きたちと話している。岡っ引きたちから、情報を得ようとしているようだ。

市之介が岡っ引きたちがいた場に目をやると、畳に男がひとり横たわっていた。周囲が、どす黒い血に染まっている。

殺された男の検屍をしていた三上は、

「おれは済んだ。死体を見てくれ」

らしい。

と言って、立ち上がり、帳場の方へむかった。市之介たちに、その場を譲った
俯《うつぶ》せに倒れていた男は、肩口から胸にかけて袈裟《けさ》に斬られていた。深い傷であ
る。下手人は、一太刀で仕留めたようだ。

「この男が、手代の与吉か」

市之介が、脇に立っていた手代らしい男に訊いた。

「そ、そうです」

手代が、声をつまらせて言った。体が顫えている。

市之介が手代に名を訊くと、勝次郎《かつじろう》とのことだった。

「殺されたのは、与吉だけか」

市之介が訊いた。

「は、はい。与吉は、賊が入ってきたとき、売り場にいて、外へ飛び出そうとし
たのです。……それで、賊のひとりに斬られました」

勝次郎が声を震わせて言った。

「賊の身装《みなり》は」

市之介は、念のために訊いてみた。

「五人とも、町人のように見えました」

勝次郎によると、賊は手ぬぐいで頬っかむりし、小袖を尻《しり》っ端折《ぱしょ》りし、股引《ももひき》に草鞋《わらじ》履きだったという。

「刀は」

さらに、市之介が訊いた。

「五人とも、長い脇差を差していました」

「やはりそうか」

市之介は、笠松屋に押し入った賊に間違いないと思った。

市之介が口を閉じると、

「金を奪われたのか」

糸川が訊いた。

「は、はい、二千両ほど」

勝次郎によると、千両箱をふたつ奪われたという。

「二千両か、大金だな」

糸川が、顔をしかめて言った。

「その金は、どこにあった」

「内蔵です」

「鍵は」

「まだ、番頭さんが帳場にいましたので、帳場机の引き出しに入れてあったはずです」

勝次郎の話では、店をしめた後、番頭がその日の売り上げを手代とともに内蔵に運ぶという。

「それで、賊が店を出たのは、何時《なんどき》ごろだ」

「五ツ（午後八時）ごろだと……」

勝次郎は、語尾を濁した。はっきりしなかったのだろう。

「いずれにしろ、笠松屋とまったく同じだ」

糸川が顔を厳しくして言った。

その後、市之介たちは、野宮が番頭から離れたのを見て帳場に近付いた。

「番頭か」

市之介が声をかけた。

「は、はい、番頭の永蔵《えいぞう》でございます」

番頭が、声をつまらせて言った。

「おれたちは、お上の者だが、押し入った賊のことで、訊きたいことがある」

市之介が言った。糸川と佐々野は、口をとじたまま市之介の背後に立っている。

「押し入った賊のことは、手代からあらかた聞いたが……。賊と内蔵までいっしょにいったのは、番頭か」

市之介が声をひそめて訊いた。

「そ、そうです。……刀を突き付けられ、どうにもならなかったのです」

番頭は困惑したように顔をゆがめ、声をつまらせて言った。

「仕方があるまい。それより、何か気付いたことはないか」

「気付いたことと、言われましても、……てまえは、恐ろしくて、歩くのもやっとでございました」

「内蔵にいっしょにいった賊は、何人だ」

市之介が訊いた。

「ふたりでございます」

「何か話さなかったか」

「そういえば、ひとりが、内蔵からの帰りに、これで、何とかなるかな、と口にしたのを耳にしました」

「うむ……」

堂島屋から奪った金で、何とかなる、ということであろうか。市之介には賊が何を言おうとしたのか、分からなかった。

「それに、お武家さまのような話し振りでした」

「武家言葉を遣ったのか」

「乱暴な物言いでしたが、お武家さまのやり取りのように聞こえました」

「内蔵へ行ったふたりが、武士のような話し方をしたのだな」

市之介は、驚かなかった。五人の盗賊のなかには、何人か武士がいるとみていたからである。

「そ、そうです」

「やはり武士がいるようだ」

市之介が、そうつぶやいたとき、

「この店には、武士の客もいるな」

と、糸川が訊いた。

「おります」

「賊のなかに、聞き覚えのある声の主はいなかったか」

「おりませんでした」

番頭は、すぐに答えた。

糸川が口を閉じると、これまで黙って聞いていた佐々野が、

「賊が店を出た後、どうした」

と、脇から訊いた。

「店の奉公人たちが外に出て、通りを見たようですが、賊の姿は見えなかったと言ってました」

番頭が、困惑したように眉を寄せた。

「店を出た後も、笠松屋とそっくりだ」

佐々野が、驚いたような顔をした。

それから、市之介たちは店の奉公人たちから話を訊いたが、新たなことは分からなかった。

市之介たちが店を出て歩きだすと、茂吉が慌てた様子で追ってきた。

「茂吉、何か知れたか」

市之介が歩きながら訊いた。

「御用聞きたちのことで、ちょいと気になることがありやして」

茂吉が小声で言った。

「何が気になった」

「御用聞きたちが、みんな怖がってるんでさァ。……あれじゃァ、まともな聞き込みもできねえ」

茂吉が眉を寄せて言った。

「御用聞きたちが、二の足を踏むのも当然だな。笠松屋の手代につづいて、御用聞きの岡造が殺され、また手代の与吉だ。御用聞きたちも、下手に動くと殺されると思うだろうな」

市之介は、町方の探索は思うように進まなくなるのではないかと思った。

第三章　追跡

1

市之介と茂吉は肩を落として、本町二丁目の表通りを歩いていた。堂島屋の近くで、聞き込みにあたったが、何の収穫もなかったのだ。

糸川と佐々野は、もうすこし探ってみると言って、本町に残ったが、市之介は見切りをつけて堂島屋の近くを離れたのである。

「旦那、伊勢町《いせちょう》に縄暖簾《なわのれん》を出した飲み屋がありやす。帰《けえ》りに、寄ってみやすか」

茂吉が、何かを思い出したような顔をして言った。

「おい、まだ、陽は高いぞ。……それに、今日は一杯飲む気になれん」

市之介が渋い顔をして言った。

「一杯やるために寄るんじゃァねえんで、店の親爺から話を聞くためでさァ」

茂吉は、殺された岡造から前に聞いた話ですがね、と前置きして話しだした。

飲み屋の親爺は、長年岡っ引きをやっていて、日本橋界隈では幅を利かせていたらしいという。

岡っ引きをやめた後も、昔の仲間がよく店に立ち寄り、捕物の話をするので、日本橋界隈のならず者や遊び人、それに盗人だったが足を洗った男のことなどよく知っているそうだ。

「親爺は、猪助《いすけ》ってえ名の年寄りですがね。あっしも、一度猪助の店で、殺された岡造と一杯やったことがあるんでさァ」

茂吉が、上目遣いに市之介を見て言った。

「そういうことなら、一杯やってもいい」

市之介は歩き疲れていたが、伊勢町は遠くなかった。

「あっしが、案内しやす」

茂吉が先に立った。

茂吉が市之介を連れていったのは、入堀沿いにひろがっている地だった。飲み屋、一膳めし屋、小料理屋などが、ごてごてと続いている裏路地である。

「この店でさァ」

茂吉が小体な飲み屋の前で足をとめた。店先の赤提灯に大きく、「さけ、いのしし屋」と書いてあった。いのしし屋の店名は、猪助からとったものだろう。

「ごめんよ」

茂吉が、先に縄暖簾をくぐって店に入った。

店のなかは狭かった。土間に飯台がふたつ、それに腰掛け代わりの空樽が飯台のまわりに置いてあるだけだった。まだ客の姿はなかった。客が姿を見せるのは、暮れ六ツ（午後六時）ちかくになってからだろうか。

店の右手にある板戸の奥で、水を使う音がした。店の者が、客に出す肴《さかな》の仕度をしているのかもしれない。

「だれか、いねえかい」

茂吉が声をかけた。

すると、水を使う音がやみ、板戸があいて、色の浅黒い大柄な男が出てきた。かなりの歳らしく、鬢《びん》や髷《まげ》は白髪交じりである。

「いらっしゃい」

男はそう声をかけたが、店に立っている市之介を警戒するような目でみた。縄暖簾を出した飲み屋に、武士がいきなり入ってきたからだろう。

「とっつァん、おれだ。一月ほど前《めえ》、岡造といっしょにきた茂吉だよ」

茂吉が男の前に出て言った。どうやらこの男が、店の親爺の猪助らしい。

「なんでえ、茂吉か。……そちらのお方は」

猪助が、市之介に目をやって訊いた。

「おれが、御奉公している青井さまよ」

茂吉が胸を張って言った。

「御旗本の青井さまで……」

猪助が恐縮して、深々と頭を下げた。

「おい、気にするな。……一杯もらうかな」

市之介が気さくに言った。

「へい、すぐにお仕度いたしやす」

猪助はそう言った後、茂吉に身を寄せ、

「まだ、肴は冷奴と漬物ぐれえしかねえぜ」

と、声をひそめて言った。

「うちの旦那は、肴は気にしねえ。酒さえありゃァ、文句は言わねえ」

「そうかい」

猪助はほっとした顔で、あいたままになっていた板戸の間からなかに入った。そこが、板場になっているらしい。

市之介と茂吉が空樽に腰を下ろして待つと、猪助が銚子を手にし、猪口、小鉢に入れた冷奴、漬物などを盆に載せて持ってきた。

市之介は手酌で猪口に酒を注いで、飲み干してから、

「ちと、訊きたいことがある」

と、声をあらためて切り出した。

「何です」

「茂吉から聞いたんだが、猪助は岡造という御用聞きを知っているそうだな」

「へい」

猪助の顔から笑みが消え、双眸《そうぼう》が鋭いひかりを宿した。腕利きの岡っ引きを思わせるような顔である。

「岡造が殺されたことは」

さらに、市之介が訊いた。

「知ってやす」

「おれは、岡造を殺したのは、笠松屋に入った押し込み一味とみている」

市之介は、堂島屋のことは口にしなかった。まだ、猪助の耳には入っていないとみたのだ。

「そうですかい」

猪助は、市之介に目をやっている。

「賊は五人だが、武士が何人かいるとみている。ただ、武士の集団にしては、押し込みに入った手際がよすぎる。武士の他に、経験のある盗人がくわわっているはずだ」

「あっしも、岡造から話を聞きやしてね。二本差しだけじゃァ、ああ手際よく盗みに入れねえとみたんでさァ」

猪助が、低い声で言った。

「岡造は、だれかに目をつけて追っていたのではないか」

市之介が訊いた。

猪助はいっとき虚空に目をやって黙考していたが、

「彦造《ひこぞう》かもしれねえ」

と、小声で言った。

「彦造ってえやつは、何者だい！」

黙って聞いていた茂吉が、身を乗り出して訊いた。

「五、六年前まで、ひとり働きの盗人だった男だ。……一月ほど前、日本橋の近くで二本差しと歩いているのを見掛けたぜ」

「そいつだ！　五人の盗人のなかにいたにちげえねえ」

茂吉が声高に言った。

猪助と茂吉のやり取りを聞いていた市之介も、

……彦造という男が、手引きしたにちがいない。

と、胸の内でつぶやいた。

それから、茂吉が彦造の居所を訊いた。

「汐見《しおみ》橋の近くで、彦造の情婦《いろ》が小料理屋をやっているという噂を聞いたことがあるが、いまも、店をやっているかどうか分からねえ」

猪助が首をひねりながら言った。はっきりしないらしい。

市之介が、情婦と小料理屋の名を訊いたが、猪助は知らなかった。

それから、市之介と茂吉は、半刻（一時間）ほど飲み、ふたり連れの客が入ってきたところで腰を上げた。

2

猪助から話を聞いた翌日、市之介は茂吉を連れて汐見橋にむかった。彦造の情婦がやっているという小料理屋にあたってみようと思ったのだ。

汐見橋は、浜町堀《はまちょう》にかかっている。ふたりは市之介の住む屋敷から神田川にかかる和泉橋を渡り、柳原通り《やなぎわらどお》を東にむかった。そして、豊島町《としまちょう》まで来ると南に足をむけ、浜町堀沿いの道に出た。

ふたりは、浜町堀沿いの道をさらに南にむかった。しばらく歩くと、前方に汐見橋が見えてきた。

「橋のどっち側ですかね」

茂吉が、橋のたもと近くまで来て市之介に訊いた。

ふたりは、橋の東側の橘町《たちばなちょう》に来ていた。西側は元浜町《もとはまちょう》である。

「おれにも分からんが、橋の近くに小料理屋が、何店もあるとは思えん。近所の者に訊けば分かるだろう」

市之介は、彦造の情婦がやっている小料理屋を探し出すのは、そう難しくないと思っていた。

　市之介たちは、汐見橋の東側のたもとまで来ると、周囲に目をやった。人通りは多く、そば屋、一膳めし屋、居酒屋などの飲み食いできる店が目についた。ただ、小料理屋らしい店はなかった。

「そこに、八百屋がありやすぜ」

　茂吉が指差した。

　橋のたもとからすこし離れたところに八百屋があった。店先に、親爺らしい男の姿があった。町人の女房らしい年増と話している。

「あっしが、訊いてきやす」

　茂吉が小走りに八百屋にむかった。

　茂吉は店の親爺と何やら話していたが、いっときすると足早にもどってきた。

「旦那、知れやしたぜ」

　すぐに、茂吉が言った。

「この近くか」

「へい、そこにあるそば屋の脇の道を入るとすぐに、小鈴《こすず》ってえ洒落《しゃれ》た名の小料理屋があるそうでさァ」

「店を切り盛りしているのは、女将か」

市之介が念を押すように訊いた。

「そのようで。……女将はお鈴《すず》ってえ名で、その名から店の名をとったそうでさァ」

「彦造の情婦が、やっている店のようだ」

市之介と茂吉は、橋のたもとにあるそば屋に足をむけた。そば屋の脇に、細い路地があった。

ふたりが路地に入っていっとき歩くと、

「あの店ですぜ」

茂吉が指差した。

路地沿いに小料理屋らしい店があった。間口の狭い店だが、二階があった。二階の座敷に、女将が住んでいるのかもしれない。

「行ってみるか」

市之介と茂吉は、通行人を装って店に近付いた。

店の入口は、洒落た格子戸になっていた。店はひらいているらしく暖簾が出ていた。店のなかで、かすかに男と女の談笑の声がした。客が女将と話しているのかもしれない。

市之介たちは、店の前を通り過ぎてから路傍に足をとめた。

「どうしやす」

茂吉が訊いた。

「店に入って、彦造がいるかどうか確かめるわけにはいかないな」

せっかく、彦造の情婦らしい女の店をつきとめたのに、市之介たちが探りにきたことを彦造が知れば、店によりつかなくなるだろう。

「また、近所で訊いてみやすか」

茂吉が言った。

「待て、店からだれか出てきた」

市之介が、小料理屋を指差した。

入口の格子戸があき、男がふたり出てきた。ふたりとも、職人ふうの男である。小料理屋に飲みにきた帰りかもしれない。

「あのふたりに、訊いてみるか」

市之介が、今度はおれが訊いてみる、と言って、路傍でふたりの男が近付くのを待った。

ふたりの男は、何やら話しながら歩いてくる。顔が酒気を帯びてすこし赤かった。

ふたりが近付くと、市之介は路傍から通りのなかほどに出た。ふたりの男は、ギョッとしたように立ち竦《すく》んだ。市之介を、辻斬りとでも思ったのかもしれない。

「いや、すまぬ。驚かしてしまったか」

市之介が、照れたような顔をして言った。

すると、ふたりの男の顔が、急になごんだ。危害をくわえられる恐れはないと分かったのだろう。

「ちと、訊きたいことがある。足をとめさせては、すまない。歩きながらでいい」

市之介は下手に出て、先に歩きだした。

ふたりの男は、市之介についてきた。ふたりで、顔を見合わせている。

「いま、そこの小鈴から出てきたな」

「へい、一杯やった帰りで」

赤ら顔の男が、照れたような顔をして言った。

「女将の名は、お鈴ではないか」

「よくご存じで」

もうひとりの小太りの男が、口元に薄笑いを浮かべて言った。

「いや、お鈴とは、ちと縁があってな……」

市之介は、照れたような顔をして語尾を濁らせた。

「旦那も、隅におけないお方で」

小太りの男が、上目遣いに市之介を見て言った。

「お鈴に情夫《いろ》がいると聞いてな、来てみたのだが、店に入ってお鈴に訊くわけにもいかず……」

市之介が、戸惑うような顔をして見せた。

「彦造のことですかい」

小太りの男が、声をひそめて訊いた。

「そうだ」

「彦造なら、ときどき小鈴に来やすぜ」

赤ら顔の男が、脇から口をはさんだ。

「今日は、来てないのか」

「あっしらが、店にいるときはいなかったようで」

赤ら顔の男が言うと、もうひとりの男がうなずいた。

「彦造は、小鈴に泊まるのか」

「泊まることも、あるようでさァ。二階が座敷になってやしてね。お鈴さんは、二階に寝泊まりしてるんで」

赤ら顔の男が、口元に薄笑いを浮かべて言った。

「ところで、彦造だが、武士を小鈴に連れてくることはないか」

市之介が訊いた。

「お侍といっしょに来ることは、ねえようですぜ」

赤ら顔の男は、すこし足を速めた。見ず知らずの武士と話し過ぎたと思ったのかもしれない。

「いずれにしろ、迂闊《うかつ》に店に入るわけにはいかないな」

市之介はつぶやくように言って、足をとめた。ふたりの男からこれ以上訊くことはなかったのだ。

ふたりの男が遠ざかったところで、茂吉が近寄ってきた。

「後ろで話を聞きやしたぜ」

茂吉が言った。

「気長に小鈴を見張って、彦造があらわれたときに捕らえるしかないな」

市之介は、長丁場になりそうだと思った。

3

市之介が茂吉とふたりで小鈴に出かけた翌日、糸川が市之介の屋敷に顔を出した。

「堂島屋の近くで、聞き込みにあたったのだが、何の手掛かりもないのだ」

糸川が、がっかりしたように言った。

「それなら、おれといっしょに来ないか」

市之介は、盗賊の一味らしい彦造という男をつきとめたことを話してから、彦造は汐見橋近くの小料理屋に姿をあらわすことがある、と言い添えた。

「青井たちは、小鈴に行くところか」

糸川が訊いた。

「そうだ」

「おれもいっしょに行こう」

そうしたやり取りがあって、市之介、糸川、茂吉の三人は、汐見橋にむかったのだ。

「ところで、佐々野は」

歩きながら、市之介が訊いた。

「今日も、堂島屋の近くで聞き込みにあたるはずだ」

糸川が言った。

「そうか」

「聞き込みにあたっても、新たなことは出てきそうもない」

糸川が眉を寄せて言った。

そんな話をしながら歩いているうちに、市之介たちは、汐見橋のたもとまで来た。そこから先は、茂吉が先にたった。市之介と糸川は、少し離れて歩いた。武士がふたりで話しながら歩いていると、人目を引くからだ。

市之介たち三人が、そば屋の脇の路地に入って小鈴にむかって歩いているとき、路地に遊び人ふうの男がひとり入ってきた。

男は先を歩いている市之介と糸川を目にとめ、

「妙な二本差しが、ふたりも歩いてるぜ」

とつぶやき、市之介たちの跡を尾《つ》け始めた。

この男は、彦造だった。彦造は路地沿いの店の脇や通りかかった者の背後にまわったりして身を隠し、巧みに市之介と糸川の跡を尾けた。

彦造は、前を行く市之介と糸川が、小鈴に身を寄せてなかの様子を窺っているのを目にすると、

……やつら、おれを捕らえに来たのだ！

と、胸の内で声を上げ、反転した。

そして、小走りに汐見橋の方へもどった。


一方、市之介たちは彦造にまったく気付かず、小鈴の前でなかの様子を窺ってから通り過ぎた。そして、一町ほど歩いてから路傍に足をとめた。

「やけに店のなかが静かだったな」

市之介が言った。

「客はいなかったようだ」

糸川が振り返って小鈴を見た。

「どうする」

「彦造があらわれるまで、待つしかないな」

市之介、糸川、茂吉の三人は、路地沿いで枝葉を茂らせていた椿の樹陰に身を隠した。

それから、小半刻（三十分）も経ったろうか。客がひとり、店に入った。その客の後に、ふたりの客がつづいた。三人とも町人である。

「おい、彦造らしい男はいたか」

市之介が茂吉に訊いた。

「はっきりしなかったが、三人とも年配のように見えやした」

茂吉が言った。

「そうだな」

市之介も、三人の客は年配とみた。いずれにしろ、彦造ではないだろう。

それから、一刻（二時間）ほど経ったろうか。小鈴の格子戸があいて、先に入った客のひとりが店から出てきた。

職人ふうの年配の男だった。男は女将に見送られて路地に出ると、ゆっくりとした足取りで路地の先にむかった。

「あっしが、訊いてきやす」

そう言い残し、茂吉が樹陰から路地に出た。

市之介と糸川は、茂吉にまかせて樹陰にとどまった。茂吉は年配の男に近付くと、声をかけていっしょに歩きだした。

ふたりは歩きながら話していたが、いっとき歩いたところで茂吉が足をとめ、足早にもどってきた。

「どうだ、何か知れたか」

すぐに、市之介が訊いた。

「店に、彦造はいねえようでさァ」

茂吉が、がっかりしたような口振りで言った。

「そうか」

市之介は、まだ彦造は店に来ていないとみていたので、さほど気落ちしなかった。

「もうしばらく待とう」

市之介たち三人は、椿の樹陰で彦造があらわれるのを待つことにした。

それから小半刻（三十分）ほどすると、ふたりの男が小鈴の店先で足をとめた。

「彦造かな」

茂吉が身を乗り出すようにして店先を見た。

「ちがうな」

市之介が言った。ふたりの男は、小店の親爺らしい感じがした。それに、年配だった。盗人には、見えなかったのだ。

それから、半刻（一時間）ほど過ぎた。陽は西の家並の向こうに沈んでいた。市之介たちが身をひそめている樹陰には、淡い夕闇が忍び寄っている。

「今日は、諦めるか」

市之介が、生欠伸《なまあくび》を噛《か》み殺して言った。

「明日、出直すか」

糸川も、諦めたような顔をしていた。

市之介、糸川、茂吉の三人は椿の樹陰から出ると、路地を汐見橋の方へむかって歩きだした。

4

市之介たちは、路地に出て一町ほど歩いたろうか。ふいに、糸川が足をとめ、

「おい、あの木の陰を見ろ」

と、前方を指差して言った。

淡い夕闇に染まった路傍の樹陰に人影があった。ふたりいる。ふたりとも、顔ははっきりしなかったが、袴姿で二刀を帯びていた。

「つ、辻斬りかもしれねえ」

茂吉が声をつまらせて言った。

「辻斬りではない」

市之介は、このような場所に辻斬りがいるとは思わなかった。それに、ふたり組の辻斬りはいないだろう。

「おれたちを狙っているようだ」

糸川が、小声で言った。

「あ、あっしらを、だれが狙ってるんです」

茂吉が足をとめて言った。

「彦造の仲間とみていいな」

市之介がふたりの武士に目をやって言った。

「盗賊一味か」

糸川が、樹陰を見すえた。

「おい、後ろにもいるぞ」

市之介が、振り返って言った。

深編み笠をかぶった武士がひとり、ゆっくりとした足取りで歩いてくる。

「おれたちを挟み撃ちにする気か！」

糸川が、昂《たかぶ》った声で言った。

「その店を背にするのだ」

市之介が、路地沿いにあった小体な店を指差した。すでに、店仕舞いしたらしく、表戸をしめている。

市之介たちは、走った。そして、店を背にして立った。前後から攻撃されるのを防ぐためである。

右手からふたり、左手からひとり。三人の武士が、足早に近付いてくる。右手から来るふたりも、深編み笠で顔を隠していた。

市之介の前に立ったのは、長身の武士だった。笠の下から、尖《とが》った顎が見えた。遣い手らしく、どっしりと腰が据《す》わっている。

糸川の前には、中背の武士が立った。この武士も遣い手らしく、身構えに隙がなかった。

市之介の左手に茂吉がいたが、茂吉の前にまわり込んできたのは、大柄な武士だった。この武士は、茂吉から大きく間をとっていた。体を市之介にむけている。おそらく、市之介の闘いの様子をみて、長身の武士に助太刀する気なのだ。

「何者だ!」

市之介が長身の武士に訊いたが、武士は無言だった。

「うぬら、盗賊だな」

さらに、市之介が声高に言うと、

「問答無用!」

長身の武士が、言いざま抜刀した。

すると、他のふたりも刀を抜いた。そして、青眼《せいがん》と八相《はっそう》に構えをとった。ふたりとも隙のない構えだった。

市之介は、青眼に構えた。腰の据わった構えである。

対峙《たいじ》した長身の武士は、八相に構えた。刀の柄《つか》を握った両拳を右肩の前にとり、切っ先を斜に立てている。

……手練《てだれ》だ！

長身の武士は遣い手だ、と市之介はみてとった。

長身の武士の構えは隙がなく、どっしりと腰が据わっていた。しかも、大きな構えで、上から覆い被さってくるような威圧感があった。

市之介は、青眼に構えた切っ先を長身の武士の左拳につけた。敵の八相に対応する構えをとったのである。

長身の武士の切っ先が、かすかに揺れた。市之介の切っ先が己の左拳につけられ、八相からの斬撃を封じられたような気がしたのだろう。

「おぬし、何流を遣う」

長身の武士が訊いた。

「心形刀流。おぬしは」

「おれか。……いまは、言えぬ」

「おぬしほどの腕がありながら、盗賊とはどういうことだ」

市之介が強い口調で言った。

すると、長身の武士の刀身が大きく揺れた。動揺したらしい。

「武士からぬ所行だ！」

市之介の顔に怒りの色が浮いた。

「問答無用！」

長身の武士は声高に言い、全身に斬撃の気を漲《みなぎ》らせた。

対する市之介は、剣尖《けんせん》を武士の左拳につけたまま敵の気の動きを読んでいる。

「いくぞ！」

長身の武士が先《せん》をとった。

足裏を摺《す》るようにして、ジリジリと間合をせばめてきた。市之介は動かず、敵を見つめていた。全身に斬撃の気が漲っている。

ふいに、長身の武士の寄り身がとまった。まだ、一足一刀の斬撃の間境まで半間ほどあったが、このまま踏み込むと敵の斬撃を浴びると感じ取ったらしい。

長身の武士は全身に気勢を漲らせ、斬撃の気配を見せて気魄《きはく》で攻めてきた。市之介の構えを、気魄でくずそうとしたのである。

だが、市之介の構えはくずれなかった。気を静めたまま、敵の斬撃の気配を読んでいる。

市之介と長身の武士は、対峙したまま動かなかった。いや、動けなかったのである。

どれほどの時が流れたのか。ほんの数瞬であったのか、小半刻（三十分）も経ったのか、ふたりに、時間の経過の意識はなかった。

このとき、糸川の裂帛《れっぱく》の気合が静寂を劈《つんざ》き、刀身を弾き合う甲高い金属音がひびいた。

糸川が、中背の武士が真っ向に斬り込んできた刀身を弾いたのである。中背の武士はよろめいたが、すぐに体勢をたてなおして、さらに踏み込みざま、二の太刀をふるった。

袈裟《けさ》へ――。

咄嗟《とっさ》に、糸川は身を引いたが、わずかに遅れた。

バサッ、と糸川の小袖が肩から胸にかけて裂けた。だが、切っ先は肌までとどかなかった。裂けたのは、小袖だけである。

「やるな！」

糸川はふたたび青眼に構えて、切っ先を中背の武士にむけた。

「次は、おぬしの首を落とす」

中背の武士は、八相に構えをとった。

一方、大柄な武士は、「こやつは、おれが始末するか」とつぶやき、茂吉に近付いていった。

茂吉は後じさった。このままでは斬られると思い、左右に目をやった。

路地の先に、何人かの人影が見えた。町人らしい男たちが、何か喋りながらこちらに歩いてくる。どこかで飲んだ帰りであろうか。濁声や笑い声も聞こえた。
五、六人いる。男たちは、足をとめた。数人の武士が、斬り合いをしているのを目にしたようだ。
茂吉は懐から十手を取り出すと、

「こいつら、盗人一味だ！」

十手を振りまわしながら叫んだ。男たちが十手をみれば、町方が盗人を捕らえようとしているとみるだろう。

男たちのなかから、「おい、盗人だぞ」「町方が、やり合っている」などという声が聞こえたが、男たちはその場から動かなかった。刀を手にして斬り合っているところへ近付けないようだ。

「石を投げろ！　だれに、当たってもいい」

茂吉は必死になって叫んだ。

すると、男のひとりが足元にあった石を拾って投げた。石は、大柄な武士の袴の裾に当たった。

大柄な武士は、刀を手にしたまま振り返った。そこへ、別のひとりが石を投げ、武士の腹の辺りにあたった。

大柄な武士は、腹を押さえて顔をしかめた。

次々に石が投げられ、いくつかの石が市之介たち三人と待ち伏せしていた三人の武士に当たった。

「引け！」

大柄な武士が声を上げ、抜き身を手にしたまま走りだした。

これを見たふたりの武士も、それぞれ対峙していた相手から身を引くと、反転して走りだした。

「助かった」

市之介が、ほっとした顔で言った。

茂吉は石を投げてくれた男たちの方へ近寄り、

「おめえたちのお蔭で、助かったぜ」

と声をかけた。すると、男たちのなかからも安堵の声が聞こえた。

5

「あやつ、変わった構えをした」

市之介が歩きながら言った。

市之介、糸川、茂吉の三人は、浜町堀沿いの道を北にむかって歩いていた。今日は、それぞれの家に帰るつもりだった。

「八相にしては、刀を体から離して構えていたな」

糸川も、市之介と闘った武士の八相の構えを目にしたようだ。

「何流を遣うのか」

市之介は、闘った武士の遣う流派が気になった。これまで、目にしたことのない構えだったからである。

「どうだ、矢萩《やはぎ》どのに訊いてみたら」

糸川が言った。

矢萩茂三郎《もさぶろう》は、本郷《ほんごう》で剣術道場をひらいていた。矢萩は、市之介や糸川が修行した伊庭道場の高弟だった。

矢萩はあまり流派にはこだわらず、他流のいいところは進んで取り入れていた。そのため、他流との稽古も奨励し、他流の遣い手を食客として面倒をみながら、共に稽古をしたりした。

「そうだな。矢萩どのなら、あの構えの主がだれか分かるかもしれない」

市之介が言った、

「明日、矢萩道場に行ってみないか」

「久し振りに、矢萩どのとお会いするか」

市之介は、矢萩道場に行くことにした。

翌朝、市之介は、ひとりで屋敷を出た。和泉橋のたもとで、糸川が待っていることになっていたのだ。

和泉橋のたもとまで行くと、糸川の姿があった。

「待たせたか」

市之介が糸川に近付いて訊いた。

「いや、来たばかりだ」

ふたりは、神田川沿いの道を西にむかった。これから矢萩道場へ行くのである。いっとき歩くと、前方に昌平橋が見えてきた。

ふたりは、昌平橋のたもとから中山道に出て本郷にむかった。そして、加賀前田家の屋敷の前を通り過ぎてから、左手の路地に入った。

路地をしばらく歩くと、遠くから気合や竹刀を打ち合う音などが聞こえてきた。道場で稽古をしているようだ。

「稽古中らしい」

市之介が言った。

「何人もで、打ち合い稽古をしているようだ」

ふたりは稽古の音を聞いて、急かされるように足を速めた。

道場の玄関前まで来ると、戸口に目をやってから土間に入った。土間の先に狭い板間があり、その奥に板戸がしめられていた。板戸のむこうで、激しい稽古の音がした。そこが道場の稽古場になっているのだ。

「頼もう！」

市之介が大声を上げた。小声では、稽古の音に掻き消されてしまう。

何度か声を上げると、土間の先の板戸があいた。姿を見せたのは、稽古姿の若い門弟である。

「何用でござるか」

門弟が訊いた。

「それがし、青井市之介と申す」

「それがしは、糸川俊太郎。……矢萩茂三郎どのに、お取り次ぎ願いたい」

ふたりが、名乗った。

「お待ちくだされ」

若い門弟は、すぐに道場にもどった。

いっときすると、高弟の岩瀬甚八郎《いわせじんぱちろう》を連れてもどってきた。岩瀬は三十がらみ、師範代のような立場だが、来訪者の対応にあたることもあった。

「青井どのと糸川どの、久し振りでござる」

岩瀬が笑みを浮かべて言った。岩瀬は、道場で市之介たちと何度か顔を合わせたことがあったのだ。

「矢萩どのに、お訊きしたいことがあって参ったのだが」

市之介が言った。

「ここで、待ってくれ。すぐにもどる」

そう言い置いて、岩瀬は道場にもどった。矢萩に、訊きにいったようだ。

待つまでもなく、岩瀬はもどり、

「お師匠は、お会いするそうだ」

と、言って、市之介と糸川を道場の奥にある母屋に連れていった。矢萩が市之介たちと会うとき、母屋が多かった。門弟たちに気兼ねなく、話すことができるからであろう。

市之介たちは岩瀬の妻に、母屋の客間に案内された。そこは庭に面した座敷で、市之介たちは前にもそこで矢萩と会ったのだ。

市之介と糸川が座敷でいっとき待つと、障子があいて矢萩が姿を見せた。

矢萩は五十がらみ、丸顔で細い目をしていた。地蔵を思わせるような穏やかな顔である。ただ、身辺には、剣の達人らしい威風がただよっていた。

「ふたり揃って、めずらしいな」

矢萩が笑みを浮かべて言った。

「矢萩どのも、お変わりなく、お元気そうでなによりです」

糸川が言った。市之介は、糸川といっしょに頭を下げた。

「わしに、何か用かな」

矢萩が声をあらためて訊いた。

「矢萩どのに、見ていただきたいものがあるのです」

市之介が言った。

「何かな」

「剣の構えです」

市之介は脇に置いてあった刀を手にすると、すこし身を引いて矢萩との間を取り、

「構えを見ていただきたいのですが、ここで抜いてもかまいませんか」

と、矢萩に訊いた。

「かまわぬ」

「では、抜かせていただきます」

市之介は大刀を抜くと、いったん八相に構えた。そして、刀の柄を握った両拳を右肩の前にとり、刀身を斜にむけた。八相の構えを低くしたような構えである。

「変わった構えだな」

矢萩はそう言った後、虚空に目をむけていたが、

「霞袈裟《かすみげさ》の構えかも知れぬ」

と、つぶやくような声で言った。双眸が、剣の遣い手らしい鋭いひかりを放っている。

市之介は刀を鞘に納め、糸川の脇に座すと、

「霞袈裟とは、どのような剣ですか」

と、訊いた。糸川も、矢萩を見つめて次の言葉を待っている。

「刀を斜に立てた構えから、両腕を伸ばしてまわすように袈裟に斬り込んでくるのだが、刀身が体から離れたところからくるため、一瞬刀身が見えなくなるのだ。それで、霞袈裟と呼ばれている」

「何流の技ですか」

市之介が訊いた。

「いや、一刀流を身に付けた坂口弥八郎《さかぐちやはちろう》という男が、工夫して会得した技らしい」

「坂口弥八郎……」

市之介は、糸川に目をやり、知っているか、と小声で訊いた。

「いや、知らぬ」

糸川が答えた。

すると、矢萩が、

「確か、坂口は高砂町《たかさごちょう》に道場をひらいたと聞いたが……」

と、首を傾げながら言った。記憶がはっきりしないらしい。

それから、市之介たちは、坂口の遣う霞袈裟のことを矢萩としばらく話してから腰を上げた。市之介と糸川が立ち上がると、

「霞袈裟と立ち合うつもりか」

と、矢萩が訊いた。

「そうなるかもしれません」

「間合をすこしひろくとって、霞袈裟の初太刀をはずすのだな」

矢萩が、剣の遣い手らしい鋭い目をして言った。

6

糸川が市之介に訊いた。

「まだ、帰るには早いな」

市之介が、頭上を見上げた。陽は頭上にあった。四ツ半（午前十一時）ごろかもしれない。


「これから、高砂町に行ってみるか」

糸川が言った。

高砂町も、浜町堀沿いにあった。小鈴のある橘町より、南にある町である。

市之介と糸川は来た道を引き返し、昌平橋を渡って柳原通りを東にむかった。そして、豊島町まで来ると、右手の通りに入り、浜町堀沿いの道に出た。ふたりはそのまま堀沿いの道を歩き、高砂橋の近くまで来た。

この辺りから、浜町堀の西側にひろがっている地が高砂町である。

「探すより、訊いた方が早いな」

市之介が言った。

「剣術道場なら、すぐに知れるはずだ」

ふたりは浜町堀沿いの道を歩きながら、道場のある場所を知っていそうな者を探した。

市之介は、路地から通りに出てきた武士の姿を目にすると小走りに近寄った。

「しばし、しばし」

市之介が武士に声をかけた。

「それがしで、ござるか」

武士が足をとめて振り返った。御家人ふうの年配の武士である。

「この辺りに、剣術道場があると聞いてまいったのだが、どこにあるかご存じか」

市之介が訊いた。

「はて、聞いたような気もするが」

武士は首をひねったが、すぐに思い出したらしく、「つぶれた道場か」とつぶやき、

「この先の橋のたもとを右の通りに入って、しばらく行ったところにあったのだ

が、二年ほど前につぶれましたぞ」

武士はそう言うと、「それがし、急いでいるので」と言い残し、足早に市之介たちから離れた。

市之介と糸川は、武士に教えられたとおり、浜町堀にかかる高砂橋のたもとを右手におれた。そこは表通りで、行き交うひとの姿が多かった。

「この通りに、剣術道場があったのかな」

糸川が首を傾げた。大勢のひとが行き交う賑やかな通りの道沿いに、剣術道場があるとは思えなかったらしい。

「ともかく、歩いてみよう」

市之介と糸川は、通りの左右に目をやりながら歩いたが、剣術道場などありそうもなかった。

「土地の者に訊いてみるか」

そう言って、糸川が通り沿いにあった酒屋に立ち寄り、話を聞いてもどってきた。

「道場はこの通りではなく、この先の路地を入ったところらしいぞ」

糸川が聞いた話によると、通り沿いにある下駄屋の脇の路地を入った先に、道場があるという。

ふたりは、下駄屋を探しながら通りを歩いた。

「下駄屋だ」

糸川が指差した。

通り沿いに、下駄屋があった。店先に赤や紫などの綺麗な鼻緒をつけた下駄が並んでいた。その店の脇に、路地があった。

「路地に入ってみよう」

市之介と糸川は、路地に入った。

裏路地だった。八百屋や豆腐屋などの小体な店があったが、人通りはすくなかった。通りかかるのは町人ばかりで、武士の姿はなかった。

「道場など、ありそうもないな」

糸川が路地の左右に目をやりながら言った。

「あの男に訊いてみる」

市之介は、前方から歩いてくる若い男を目にとめて言った。腰切半纏《こしきりばんてん》に股引姿で、左官か屋根葺き職人のような格好をしていた。

「ちと、訊きたいことがある」

市之介が、男に声をかけた。

「あっしですかい」

「そうだ。……この近くに剣術道場があると聞いて来たのだがな。道場が、見当たらないのだ」

「剣術道場ならこの先にありやすが、潰れちまいやしたよ」

「潰れたのか」

「へい、二年ほど前に」

「道場主は」

「いまは、だれもいねえんじゃァねえかな。……この先すぐだから、行ってみたらどうです」

男が、路地沿いにある米屋の先だと話し、市之介から離れた。

市之介と糸川は、さらに路地の先に歩いた。

「そこに、米屋がある」

糸川が指差した。

路地沿いに、舂米屋《つきごめや》があった。唐臼《からうす》を踏んでいる店の親爺の姿が見えた。その店の脇に、剣術道場らしい建物がある。

「それにしても、ちいさな道場だな。それに、だいぶ傷んでいる」

糸川が言った。小体な家と、あまり変わりがなかった。建物の脇が板壁になっていて武者窓があるので、道場と分かるが、そうでなければ、仕舞屋《しもたや》と思うだろう。

市之介と糸川は、道場に近付いた。

表の戸口の板戸は、しまっていた。道場はひっそりとして、物音も人声も聞こえなかった。ひとのいる気配がない。

市之介たちは、道場を通り過ぎたところで足をとめた。

「だれも、いないようだ」

市之介が言った。

「あの男が言っていたとおり、道場はつぶれたらしいな」

糸川が道場に目をやりながら言った。

7

「どうする」

糸川が訊いた。

「道場主や門弟たちを探ってみたいが……。おれは、此度《こたび》の件には坂口だけでなく、道場の門弟たちもかかわっているような気がするのだ」

市之介は、盗賊のなかに道場主の坂口の他にも剣の遣い手がいるとみていたのだ。

「近所で話を訊いてみるか」

糸川が言った。

「どうだ、半刻（一時間）ほどしたら、この場にもどることにして、別々に聞き込んでみないか」

「いいだろう」

市之介と糸川は、その場で分かれた。

ひとりになった市之介は、道場のことを知っていそうな者を探した。路地をすこし歩くと、小体なそば屋があった。門弟が稽古の後、そば屋に立ち寄ることもあったのではないかと思い、暖簾をくぐろうとしたが、ちょうどふたりの男が店から出てきたので、

「ちと、訊きたいことがある」

と、声をかけた。

「なんです」

浅黒い顔をした男が、警戒するような顔で市之介を見た。

「歩きながらでいい。店先に立って、話すわけにはいかないからな」

そう言って、市之介が歩きだすと、ふたりの男は戸惑うような顔をしたが、後についてきた。

「そこに、剣術道場があるな」

と、市之介が道場の方を指差して言った。

「ありやしたが、二年ほど前に潰れやしたよ」

浅黒い顔の男が言った。

「道場主の坂口どのを訪ねてまいったのだが、いまどこにいるか知っているか」

市之介が、坂口の名を出して訊いた。

「存じませんが……」

もうひとりの年配の男が言った。

すると、浅黒い顔の男が、

「富沢町《とみざわちょう》にいるって、聞きやしたぜ」

と、口を挟んだ。

富沢町は、高砂町の隣町で北側にひろがっている。

「富沢町のどこか、知っているか」

市之介が、浅黒い男の方に顔をむけて訊いた。富沢町もひろいので、町名が分かっただけでは探すのがむずかしい。

「富沢町のどこか知りやせんが、ちかいうちに道場を建て直して、また稽古を始めるってえ噂を耳にしやした」

浅黒い顔の男が言った。

「道場を建て直すのか」

思わず、市之介は聞き直した。

「大きな道場にして、門人を大勢集めるそうでさァ」

「うむ……」

大店《おおだな》に押し入って奪った金で、道場を建てるのかもしれない、と市之介は思った。ただ、金がどう遣われようと、商家に押し入って奪うなど武士とは思えない悪行である。しかも、盗賊一味には、武士がひとりではなく何人もいるようなのだ。

市之介はふたりの男と別れて、糸川と約束した場所にもどった。糸川の姿はなかったが、いっとき待つと、路地の先に糸川の姿が見えた。糸川は足早に近付いてくる。

「糸川、何か知れたか」

市之介が訊いた。

「たいしたことは、分からなかった」

糸川が渋い顔をして言った。

「糸川、腹がすかないか」

市之介は、そばでも食べながら話そうと思った。

「すいた」

「この先に、そば屋がある。そこで、そばでも食べながら話さないか」

「いいな」

すぐに、市之介たちは、そば屋にむかった。

そば屋の暖簾をくぐると、狭い土間の先に小上がりがあった。土地の住人らしい年配の男がふたり、そばを食べていた。

市之介と糸川は先客のふたりと離れ、小上がりの隅に腰を下ろした。そして、

注文を訊きにきた親爺にそばを頼み、親爺が離れるのを待って、

「おれから話す」

と、市之介が小声で言い、坂口は富沢町にいるらしいことを話した。そして、

「道場を建て直す気らしい」と言い添えた。

「おれも、道場を建て直すという話は聞いたぞ」

糸川はそう言った後、

「建て直すには、金がいるな」

と、言い添えた。

「そのために、商家を襲ったと考えられなくもないが、いずれにしろ、坂口の居所をつかむのが先だな」

「おれが話を聞いた男は、坂口が武士ではなく町人と歩いていたのを見たと話していたぞ」

糸川が言った。

「その町人は、彦造ではないか」

「おれも、彦造とみた」

「彦造を捕らえて口を割らせるのが、手っ取り早いかもしれんな」

市之介は、彦造なら盗賊の仲間のことも居所も知っているのではないかとみた。

「小鈴を見張っていれば、彦造が姿をあらわすはずだ」

「明日から小鈴を見張って、彦造を押さえるか」

市之介が言った。

「いいだろう」

ふたりが、そんなやり取りをしているところに親爺がそばを運んできた。

第四章　隠れ家

1

市之介、糸川、茂吉の三人は、汐見橋のたもと近くの路地に来ていた。路地沿いの樹陰から、小料理屋の小鈴に目をやっている。

「彦造は、来ているかな」

市之介が言った。

「店はひらいているので、来ているかもしれん」

糸川が小鈴に目をやったまま、「どうだ、店の様子をみてくるか」と言い添えた。

「笠をかぶって通れば、店の者に見られてもおれたちと気付かれないな」

市之介と糸川は、網代笠《あじろがさ》を持ってきていた。身装《みなり》も、小袖にたっつけ袴だった。彦造に姿を見られても、市之介たちとは気付かれないだろう。

「先に行きやすぜ」

そう言って、先に樹陰から出たのは、茂吉だった。市之介と糸川は網代笠をかぶり、すこし離れて小鈴にむかった。

陽は西の空にあった。七ツ（午後四時）ごろであろう。路地には、ぽつぽつと人影があった。ほとんど町人である。

市之介は、先を行く茂吉が小鈴の店先から離れるのを待って、小鈴に近寄った。そして、入口の前ですこし歩調をゆるめて聞き耳を立てた。

……客がいる。

店のなかから、かすかに男の笑い声が聞こえた。嬌声《きょうせい》も聞こえてきた。女将のお鈴であろう。

市之介はすぐに店先から離れて、路地の先にむかった。そして、一町ほど先の路傍に茂吉が立っていたので、近付いて足をとめた。ふたりでいっとき待つと、後続の糸川がそばにきた。

三人は人目につかないように、近くの樹陰にまわって身を隠し、

「女将のお鈴は店にいるようだが、彦造がいるかどうか分からなかった」

と、市之介が言った。

「彦造は、いたぞ」

すぐに、糸川が言った。

市之介と茂吉の目が、糸川にむけられた。

「おれが、店先に近付いたとき、おまえさん、という女の声が聞こえたのだ」

糸川が言い添えた。

「お鈴が、彦造に声をかけたのか」

市之介も、糸川の話を聞いて彦造は小鈴にいるとみた。しかも、お鈴や他の男と酒を飲んでいるようだ。

「どうする」

糸川が訊《き》いた。

「彦造といっしょに飲んでたのは、客ですかね」

茂吉の顔に警戒するような表情があった。

「何か、気になることでもあるのか」

市之介が茂吉に目をやって訊いた。

「あっしが、店の前を通りかかったとき、なかから武家の言葉が聞こえたような気がしたんでさァ」

「店にいたのは、武士か」

市之介が耳にしたのは笑い声だったので、男と分かっただけである。

「店にいたのは客ではなく、彦造と盗賊仲間ではないか」

糸川が言った。

「そうかもしれん」

盗賊の仲間が、小鈴に集まって密談していたのかもしれない、と市之介は思った。

「どうする」

「踏み込んで、彦造と盗賊仲間を捕らえられればいいが、仲間が何人もいると、返り討ちに遭うな」

霞袈裟《かすみげさ》を遣う坂口は強敵だが、他の仲間も剣の遣い手とみなければならない。迂闊《うかつ》に仕掛けたら返り討ちにあう。

「しばらく、様子をみよう」

市之介は、他の客がいれば、出てきたときに店のなかの様子を訊く手もあるとみた。

市之介たちは、樹陰に身を隠して小鈴の店先に目をやった。いっとき経つと陽が沈み、辺りが淡い夕闇につつまれてきた。小鈴の店先からも、かすかに灯が洩れている。

「客ですぜ」

茂吉が言った。

職人ふうの二人連れが、小鈴の店先に立って格子戸をあけた。そして、店に入った。だが、ふたりの男はすぐに店から出てきた。

ふたりは店からすこし離れたところで足をとめ、振り返って店先を見ていたが、肩を落として歩きだした。市之介たちの方に歩いてくる。

「あっしが、ふたりに訊いてきやす」

茂吉が樹陰から路地に出た。

茂吉はふたりの男に何やら声をかけ、ふたりと並んで歩きだした。歩きながら、話を聞いているようだ。

しばらく歩いたところで、茂吉は足をとめ、小走りに市之介たちのところにもどってきた。

「茂吉、何か知れたか」

市之介が訊いた。

「へい、小鈴には、二本差しが三人いるようでさァ」

茂吉がふたりの男から聞いた話によると、三人の武士と彦造、それに女将のお鈴もくわわって酒を飲んでいたという。

「店に入ろうとしたふたりは、女将に今日は貸し切りなので遠慮してくれと言われて、店から出てきたそうで」

茂吉が言った。

「三人は、盗賊仲間だな」

市之介は、三人のなかに坂口がいるかどうか分からなかったが、いずれも遣い手とみて、

「武士が三人いては、店に踏み込むわけにはいかないな」

と、糸川と茂吉に目をやって言った。

「そうだな」

糸川は、顔を厳しくしてうなずいた。

「しばらく、様子を見よう」

そう言って、市之介は小鈴に目をやった。

2

しだいに、辺りは夜陰につつまれてきた。市之介たち三人は、樹陰から小鈴に目をやっている。

小鈴から洩れる灯が、店先にくっきりと見えていた。かすかに、男の濁声や哄《こう》笑《しょう》が聞こえてくる。

「出てこねえなァ」

茂吉が、生欠伸《なまあくび》を嚙《か》み殺して言った。

そのときだった。小鈴の格子戸があき、人影が出てきた。三人――。いずれも、二刀を差しているのがみてとれた。その三人の武士の後ろから、町人体の男がひとり出てきた。

「彦造ですぜ」

茂吉が小声で言った。

「そのようだ」

遠方ではっきりしなかったが、市之介も町人体の男は彦造とみた。つづいて、戸口に女があらわれた。お鈴であろう。四人の男を見送るために出てきたらしい。

四人の男は、戸口でお鈴と何やら言葉を交わした後、夜陰につつまれた路地に出た。お鈴は男たちが戸口から離れると、店にもどった。

四人の男の姿が、月明りのなかにぼんやりと見えた。四人は何やら話しながら、汐見橋の方へむかっていく。

「跡を尾《つ》けるぞ」

市之介が樹陰から出た。

茂吉と糸川がつづき、三人は足音を立てないように足早に歩き、前を行く四人との間をつめた。

市之介たちが、小鈴の店先を通り過ぎたときだった。

「何をしやがる！」

という声が、前方で聞こえた。

彦造の声だった。その彦造を取り囲むように立った三人の武士のなかのひとりが、刀を手にしていた。その刀身が、月光を反射《はね》て青白くひかった。次の瞬間、ギャッ！　という彦造の叫び声がひびいた。

彦造はよろめき、夜陰のなかに沈むように倒れた。

これを見た茂吉が、

「彦造が斬られた！」

と声を上げ、駆け出そうとした。

「待て！」

市之介がとめた。

いま、彦造のそばに駆け付ければ、三人の武士と闘うことになる。三人とも手《て》練《だれ》とみなければならない。市之介と糸川のふたりでは、後れをとるかもしれない。

市之介たち三人は、路傍の暗がりに身を隠したまま三人の武士に目をやった。

夜陰のなかに三人の武士のくぐもった声が聞こえたが、三人はその場から離れた。その姿が、闇に呑まれるように消えていく。

「いくぞ！」

市之介が声をかけ、足音を立てないように彦造が倒れているところにむかった。

彦造のそばまで行くと、低い呻《うめ》き声が聞こえた。闇のなかに横たわった体が、動いている。

「生きている！」

市之介が声を上げた。

彦造は、俯《うつぶ》せに倒れていた。何とか起き上がろうとして首を擡《もた》げ、四肢を動かしている。彦造は背後から袈裟に斬られたらしく、小袖が右肩から背にかけて裂け、血に染まっていた。

市之介は彦造の脇に屈《かが》むと、

「しっかりしろ！」

と声をかけ、傷のない左肩をつかんで身を起こしてやった。

彦造は尻餅をついたような格好で、その場に座り込み、苦痛に顔をしかめて市之介たち三人に目をやった。

「て、てめえたちは……」

と、彦造は言ったが、逃げようとしなかった。その顔が、恐怖と苦痛にゆがんでいる。

「彦造、おまえを斬ったのは、仲間の坂口たちではないのか」

市之介が訊いた。

「……！」

彦造は市之介に目をむけ、ちいさくうなずいたが、何も言わなかった。

「坂口たちは、なぜ仲間のおまえを斬ったのだ」

「や、やつら、おれが邪魔になったのだ」

彦造は顔をしかめ、吐き捨てるように言った。

「なぜ、邪魔になったのだ」

「お、おれが、おめえたちに目をつけられたとみたんだ。……そ、それで、おれを始末しちまおうと思ったのよ」

彦造の体が顫《ふる》え出した。強い怒りと傷のせいらしい。

「おまえは、坂口たちとどこで知り合ったのだ」

「小鈴だ。……坂口が飲みに来て、顔を合わせたのよ」

彦造が顔をしかめて言った。坂口を呼び捨てにしている。

「笠松屋と堂島屋に押し入ったのは、坂口たちだな」

市之介が念を押すように訊いた。

「し、知らねえ」

「おい、坂口たちはお前の口を封じるために斬ったのだぞ。それでも、坂口たちの肩を持つのか」

「……！」

彦造の顔が憎悪にゆがんだ。

「坂口たちだな」

市之介が語気を強くして訊いた。

「そ、そうだ」

「賊は五人だが、いずれも町人のような格好をしていたのは、武士であることを隠すためか」

「坂口の旦那が、考えたのだ」

彦造は、隠さなかった。自分を斬った仲間の武士をかばう気がなくなったのだろう。

「坂口といっしょにいた他のふたりは」

市之介が訊いた。

「よ、吉川藤三郎《よしかわとうざぶろう》と、小宮山政蔵《こみやままさぞう》……」

彦造は、ふたりも呼び捨てにした。一味の者たちに、強い恨みを抱いたのだろう。

3

「もうひとり、仲間がいるな」

市之介が声をあらためて訊いた。

盗賊は五人だった。彦造、坂口、吉川、小宮山の四人は知れたが、もうひとりの名が知れなかった。

「な、名は知らねえ」

彦造が喘《あえ》ぎながら言った。

「武士か」

「そ、そうだ」

「頭目はだれだ。坂口か」

市之介は、笠松屋で話を聞いたとき、一味の頭目らしい男が、指図していたと耳にしていたのだ。

「ちげえやす。あっしは、よく知らねえんでさァ」

彦造が首を横に振った。

「坂口たちは、その男を何と呼んでいたのだ」

「きゃ、客人と呼んでいやした」

「客人だと」

市之介は、何者か分からなかった。いずれにしろ、坂口たちにとって客のような立場だったのだろう。

市之介は、坂口や賊の仲間の身辺を探れば、客人と呼ばれる男の正体も知れるだろうと思った。

「ところで、おまえたちは笠松屋で金を奪い、店を出た後、どこへ行ったのだ」

市之介が訊いた。

五人の賊が店を出て間もなく、手代の政五郎たちが外へ飛び出したが、賊の姿が見えなかったという。

それればかりか、通りかかった夜鷹そばの親爺も賊の姿を目にしなかったようなのだ。翌日茂吉や御用聞きたちが通りで聞き込みにあたったが、どういうわけか、賊の姿を目にした者はいなかった。

「笠松屋の近くに、いったん身を隠したんでさァ」

彦造が言った。

「どこに身を隠したのだ」

「呉服屋の脇の路地を入った先で」

「近くの路地に逃げ込んだのか」

笠松屋から二町ほどしか離れていないところにある路地だった。市之介も血の付いた小袖を着ていた武士を見掛けたという話を聞き、念のために探ってみたのだ。

「ろ、路地の先に、以前客人が住んでいた借家がありやしてね。あっしらは、いったんそこに身を隠したんでさァ」

彦造が喘ぎながら言った。

「それで、どうした」

市之介は話の先をうながした。

「その家で、着替えやした。あっしを除いた四人は、町人のような格好から二本差しに姿を変えたんでさァ」

「着替えまで用意したのか」

「風呂敷包みのなかに、入《へえ》ってやした」

「賊のひとりが、担いでいた風呂敷包みか」

市之介は、笠松屋で話を聞いたとき、賊のひとりが風呂敷包みを背負っていたという話を耳にしていた。

「初めは、近くの店の陰で、着替えるつもりだったんですがね。いい場所がねえんで、路地の先まで行ったんでさァ」

彦造が言った。

「そういうことか」

岡っ引きの岡造が、血の付いた小袖を着ていた武士を見かけたようだが、店の奉公人を斬ったとき返り血を浴びたのだろう。

……それで、夜更けを待たずに店を出たのか。

市之介は胸の内でつぶやいた。

賊は、その姿を目撃されてもかまわなかったのだ。むしろ、目撃されて、五人とも町人と見られることが狙いだったのかもしれない。

「堂島屋のときも、同じ手を使ったのだな」

「そ、そうでさァ」

彦造が声を震わせて言った。

市之介が口をつぐんだとき、黙って聞いていた糸川が、

「坂口たちの隠れ家はどこだ」

と、語気を強くして訊いた。

「と、富沢町……」

彦造が、苦しげに顔をゆがめて言った。体の顫えが激しくなり、顔から血の気がなくなってきた。

「富沢町のどこだ」

さらに、糸川が訊いた。

「さ、酒屋のそば……」

「どこにある酒屋だ」

市之介が声高に訊いた。

「と、通り沿いの……」

彦造はそう言ったとき、グッと喉のつまったような呻き声を上げた。次の瞬間、背をそらせて体を硬直させた。そして、急にぐったりとなった。

市之介は、倒れそうになった彦造の体を抱きかかえ、

「しっかりしろ！」

と、声をかけた。

だが、彦造は身を顫わせているだけだった。目は空《うつ》ろである。

いっときすると、彦造は市之介の腕のなかで、動かなくなった。息の音も聞こえない。

「死んだ」

市之介が、つぶやくように言った。

4

彦造から話を聞いた翌日、市之介、糸川、茂吉、それに糸川が連れてきた佐々野もくわえ、四人で富沢町にむかった。

市之介たちは、坂口たちの隠れ家を探そうとしたのだ。手掛かりは、彦造が口にした「酒屋のそば……」という言葉だけだった。

市之介たちは、浜町堀にかかる栄橋《さかえ》のたもとに集まると、一刻（二時間）ほどしたら、もどることにし、その場で分かれた。富沢町はひろいので、手分けして探すことにしたのだ。

ひとりになった市之介は表通りを歩き、酒屋のありそうな路地を探した。坂口たちの隠れ家は、商店の並ぶ表通りにはないとみたからである。

市之介は、呉服屋の脇に路地があるのを目にして入ってみた。路地沿いに、八百屋、煮染屋、下駄屋などの店が並んでいた。人通りもあったが、武士の姿はほとんど見かけなかった。

市之介は通りかかった年配の男に、この路地に酒屋はないか訊いてみた。

「酒屋なら、この先にありやす」

年配の男によると、一町ほど先にあるという。

「酒屋のそばに、武士の住む家はないかな」

市之介は念のために訊いた。

「存じませんが」

男は市之介に頭を下げて、足早に離れていった。

市之介は、路地を一町ほど歩いた。路地沿いに酒屋があったが、近くに仕舞屋《しもたや》は見当たらなかった。それでも、市之介は念のために酒屋に立ち寄り、店の親爺に、

「近くに、武士の住む家はないか」

と、訊いてみた。

「お侍ですか」

親爺が、驚いたような顔をして聞き直した。

「そうだ」

「ありませんねえ。この路地に、お侍は住んでおりません」

親爺は、はっきりと言った。

市之介は諦めて路地を引き返し、表通りにもどった。そして、いっとき歩くと、また路地があったので、まず酒屋を探し、武士の住む家を訊いたが、近くにはない、という返事だった。

市之介はそろそろ一刻ほど経つとみて、糸川たちと分かれた栄橋のたもとにもどった。

佐々野の姿はあったが、糸川と茂吉はもどっていなかった。市之介が佐々野に訊くと、坂口たちの隠れ家はつかめなかったという。市之介も、無駄足だったことを話した。そこへ、糸川と茂吉が、もどってきた。

市之介と佐々野が、隠れ家がつかめなかったことを話してから、

「糸川は、何かつかめたか」

と、市之介が声をあらためて訊いた。

「駄目だ。おれも、無駄足だったよ」

糸川が肩を落として言った。

すると、茂吉が一歩前に出て、

「あっしは、尻尾をつかみやしたぜ」

と、得意そうな顔をして言った。

「さすが、茂吉親分だ。おれたちとはちがう」

市之介はそう褒めてから、

「話してみろ」

と、茂吉に目をやって言った。

「酒屋の脇に、二本差しの住む家がありやした」

茂吉が胸を張って言った。

「坂口たちは、いたか」

思わず、市之介の声が大きくなった。糸川と佐々野も茂吉を見つめて、次の言葉を待っている。

「それが、留守だったんでさァ」

茂吉によると、武士が住んでいるのは借家だという。

茂吉はその家の戸口まで行ってみたが、ひとのいる気配はなかった。念のため、近所で訊いてみると、ここ二、三日、借家の表戸はしまったままで、住人の武士を目にしてないという。

「その家に、住んでいたのはひとりか」

市之介が訊いた。

「近所の者は、何人か出入りするのを見たと話してやした」

茂吉が言った。

「どうやら、仲間たちが出入りしていたようだ」

「あっしも、そうみやした」

「せっかく、来たのだ。おれたちもその家を見てみるか」

市之介が言うと、糸川と佐々野がうなずいた。

茂吉が先にたち、栄橋のたもとから浜町堀沿いの道を南に歩いてから、右手にあった通りに入った。

通りをいっとき歩くと、

「そこの路地を入った先でさァ」

茂吉が、扇屋の脇の路地を指差した。

細い路地で、人通りはすくなかった。下駄屋や八百屋などの小体な店があったが、空き地になっている場所もあった。

路地をしばらく歩いてから、茂吉が足をとめ、

「そこの酒屋の隣で」

と言って、路地沿いにあった酒屋を指差した。

酒屋の隣に、仕舞屋があった。古い家である。借家らしい造りだった。家のまわりに、雑草が生い茂っている。

「留守らしいな」

市之介が言った。

家の戸口の板戸はしまっていた。

市之介たちは、念のため通行人を装って家の前まで行ってみた。家はひっそりとして、物音も人声も聞こえなかった。

市之介たちは、家の前を通り過ぎてから足をとめた。

「やはり、留守だ」

糸川が言った。

「ともかく、近所で話を聞いてみるか。家にだれが住んでいたのかはっきりさせ

たい」

「そうしよう」

市之介たちは、小半刻（三十分）ほどしたら集まることにし、その場で分かれた。そして、近所で話を聞いてみた。

市之介たち四人の聞き込みの結果、家は借家で、住んでいたのは坂口らしいことが知れた。そして、糸川が訊いた者のなかに、

「あの借家に住んでいたのは、道場をひらいていたひとですよ」

と、答えた者もいた。

借家の住人は、坂口に間違いないようである。

5

「さて、どうする」

市之介が、糸川、佐々野、茂吉の三人に目をやって訊いた。

陽は西の空にまわっていた。半刻（一時間）もすれば、暮れ六ツの鐘が鳴るだろう。坂口は、帰ってきそうもなかった。

「なんとか、坂口が住んでいた家はつきとめたが、留守ではな。それに、帰ってきそうもない」

糸川が渋い顔をして言った。

そのとき、黙って聞いていた茂吉が、

「あっしが、ここで、あの家を見張りやしょうか」

と、身を乗り出すようにして言った。

「坂口が、帰るのを待つつもりか」

市之介が訊いた。

「そうでさァ」

「いつになるか、分からんぞ」

「坂口のやつ、どこか仲間のところに身を隠しているにちげえねえが、このままということはねえはずだ」

茂吉が目をひからせて言った。

「うむ……」

市之介は、茂吉の顔を見て、腕利きの岡っ引きのようだ、と思ったが、黙っていた。褒めると、その気になって、屋敷の仕事をせずに歩きまわるのではないかとみたからだ。

「茂吉、家を見張るだけだぞ。……坂口たちが姿を見せても、家を覗いてみたり、尾けたりするなよ」

市之介は念を押すように言って、糸川と佐々野といっしょに歩きだした。それぞれの屋敷に、帰るのである。

ひとりになった茂吉は、路地沿いで枝葉を茂らせていた椿の樹陰に身を隠して、坂口が住んでいた家に目をやっていた。

……いつ、帰《けえ》ってくるか、分からねえ。

と、茂吉がつぶやき、椿の枝を何本か折って地面に敷いた。

茂吉は気長に待つつもりで、椿の枝の上に腰を下ろした。そこから、坂口の家を見張るのである。

陽が家並のむこうに沈み、辺りが淡い夕闇に包まれてきた。路地のあちこちから、表戸をしめる音が聞こえてくる。

……今日は、帰るか。

茂吉は、明日も様子を見に来るつもりでいた。茂吉は、坂口がこの家をそのままにして富沢町を離れるとは思わなかったのだ。

茂吉が、腰を上げたときだった。路地の向こうから歩いてきた男が、坂口が住んでいた家の戸口の前で足をとめた。

……あいつ、坂口の家にきたのか。

茂吉は、身を乗り出すようにして男を見た。

町人だった。すこし、腰がまがっている。遠方ではっきりしないが、年寄りらしい。男は家の板戸をあけて、なかに入った。男の挙動には、自分の家のように慣れた感じがあった。

茂吉は樹陰から離れ、足音を忍ばせて家に近付いた。そして、戸口に身を寄せて、なかの様子をうかがった。

ゴソゴソと物音がした。家のなかで、何か動かしているような音である。

……盗人じゃァ、あるめえな。

茂吉は胸の内でつぶやいた。

いっときすると、家のなかで「しょうがねえなァ。明日も来るか」とつぶやく声が聞こえた。そして、戸口に近付いてくる足音がした。

茂吉は、慌てて家の脇にまわって身を隠した。

板戸があいて、男が戸口から出てきた。風呂敷包みをかかえている。男は戸口の板戸をしめてから、路地を歩きだした。辺りを窺うような様子は見られなかった。盗人ではないらしい。

茂吉は男の後を尾けた。そして、家から離れたところで、男に走り寄った。

男は、ギョッとしたように身を硬くして立ち竦《すく》んだ。

「すまねえ。脅かしちまったな」

茂吉が、首をすくめるように男に頭を下げた。

「お、おまえさん、だれだい」

男が声を震わせて訊いた。老齢らしく、鬢《びん》や髷《まげ》に白髪が交じっている。

「むかし、坂口の旦那に世話になった男よ」

茂吉がそう言うと、男の顔がいくぶんやわらいだ。追剝ぎや辻斬りの類ではないと分かったからだろう。

「いま、おめえが坂口の旦那の家から出てきたのを見かけてな、声をかけたのよ」

茂吉は、歩きながら話すか、と言って、ゆっくりと歩きだした。

「あっしは、坂口の旦那の家で、下働きをしてるんでさァ」

歩きながら、男が言った。

「何てえ名だい」

「与作《よさく》で」

「坂口の旦那が、あの家に住んでると聞いてな。来てみたんだが、留守のようだ」

茂吉が歩きながら言った。

「坂口の旦那は、三日前に家を出たんでさァ」

与作が言った。

「何で、出たんだい」

「くわしいことは知らねえが、悪いやつらに命を狙われてるんで、しばらく身を隠すと言ってやしたぜ」

「悪いやつらな」

茂吉は、どっちが悪いやつらだ、と思ったが、口には出さず、

「坂口の旦那は、あの家にひとりで住んでたのかい」

と、訊いてみた。

「家を借りたのは、坂口の旦那だが、いつもだれか泊まりに来てやした」

「道場の門弟たちか」

茂吉は、門弟のことを口にした。

「そうかも、知れねえ。坂口の旦那は、よく剣術の話をしてやしたからね」

与作は、すっかり茂吉を信用したらしく、まったく隠そうとしなかった。

「坂口の旦那は、いまどこにいるんだい」

茂吉が訊いた。

「どこかな。……吉川さまのところかな」

「吉川藤三郎さまか」

茂吉は彦造が口にした吉川だろうと思って、そう訊いたのだ。

「そうでさァ」

「吉川さまは、どこに住んでるんだい」

「どこだが、知らねえ」

「知らねえのか」

茂吉はそう言った後、すこし間をとってから、

「ところで、坂口の旦那は、あの家に帰《けえ》ってこねえのかい」

と、与作に目をやって訊いた。

「帰ってきやす。それで、こうやって汚れ物を持ってきたんでさァ。留守の間に、片付けておこうと思いやしてね」

男は、かかえている風呂敷包みに目をやって言った。

「それで、いつごろ帰《けえ》ってくるんだい」

茂吉は、坂口が帰ってくる日が分かれば、青井の旦那に話して、坂口を捕らえることができると思った。

「家を出るとき、四、五日留守にすると言ってやしたぜ」

「四、五日か」

茂吉はここ二、三日、借家はしまったままだと聞いていたので、明日以降に帰ってくるかもしれないと思った。

6

神田川にかかる新《あたら》シ橋を渡った先の豊島町に、やなぎ屋というそば屋があった。柳原通りに近いことから、やなぎ屋という店の名にしたらしい。

やなぎ屋の二階の座敷に、市之介、茂吉、糸川、佐々野の四人が顔をそろえていた。茂吉が、富沢町の坂口の家に奉公している下働きの与作から話を聞いた翌日である。

市之介は茂吉から話を聞くと、糸川と佐々野と相談して、坂口をどうするか決めようと思った。それで、糸川に話して、佐々野とふたりでやなぎ屋に来てもらうことにした。市之介の屋敷には、つるとおみつがいるので、腰が落ち着かないのだ。

市之介は、やなぎ屋の女中に酒とそばを頼み、先にとどいた酒で喉を潤してから、

「茂吉から、話してくれ」

と、茂吉に目をやって言った。

「へい、坂口のことが知れやした」

茂吉はそう前置きし、坂口の住んでいた借家を見張り、下働きの男から、明日にも坂口が借家に帰ってくるらしい、と聞いたことを話した。

「明日か」

糸川が聞き返した。

「明日にも、帰ってくるような口振りでしたぜ」

茂吉が言った。

「それでな、おれたちはどう動くか相談するつもりでここに来てもらったのだ」

市之介が、糸川と佐々野に目をやって言った。

「その借家に帰ってくるのは、坂口ひとりか」

「分からねえ」

茂吉が小声で言った。

次に口をひらく者がなく、座敷は急に静かになったが、

「彦造が死んだので、残る賊は四人だ。いずれも武士で、遣い手とみていい」

市之介が言った。すでに、市之介たちは、四人のうちの三人と切っ先を合わせていた。三人とも、遣い手である。おそらく、残るひとりも遣い手であろう。

「下手に仕掛けたら、返り討ちか」

糸川が顔を厳しくした。

「おれもそうみてな、これからどう動くか相談するつもりで、ここに来たのだ」

「ひとりずつ討つしかないな」

糸川がそう言ったとき、黙って聞いていた佐々野が、

「その借家を見張り、坂口がひとりでもどったら、捕らえるなり討つなりしたら

どうですか」

　と、身を乗り出すようにして言った。

「それは、おれも考えた。……だが、下手をすると坂口は討てても、他の三人には逃げられるぞ」

　市之介が言った。他の三人は、坂口が討たれたり捕らえられたりしたことを知れば、姿を消すだろう。

「やはり、坂口の家を見張るしかないな。坂口を泳がせて、仲間の吉川か小宮山の居所が知れてから、坂口を討ち取ればいい」

　糸川が声高に言った。

「そうしよう」

　市之介は、此度《こたび》の件の発端は、坂口が道場を建て直すための金を手にいれようとしたことにある、とみていた。他の三人も、道場にかかわりのある者たちである。いずれも、剣の遣い手とみなければならない。あせらずに、四人の居所をつかんでからひとりひとり捕らえるなり、討つなりした方がいいだろう。

　市之介たちは、そばを食べ終えて店を出ると、富沢町にある坂口の住んでいた借家にむかった。

歩きながら、糸川が市之介に、

「気になっていることがあるのだがな」

と、話しかけた。

「なんだ」

「ちかごろ、岡っ引きたちを見掛けないのだが、此度の件から手を引いたのかな」

糸川が言うと、市之介の後ろを歩いていた茂吉が、

「御用聞きたちは、みんな怖がってるんでさァ。店の奉公人が殺され、岡造も殺《や》られやしたからね」

と、話した。

「それもあるが、笠松屋や堂島屋に押し入った賊は、彦造を除くといずれも武士と分かったからではないか。……幕臣なら、おれたちの仕事ではないという思いがあるのだろう」

市之介が言った。

そんな話をしながら歩いているうちに、市之介たちは坂口の住む借家のある路地に入った。

茂吉が先にたった。そして、路地の前方に借家が見えてきたとき、茂吉が路傍に足をとめ、

「旦那たちは、ここで待っていてくだせえ。あっしが様子を見てきやす」

と、言って、借家に足をむけた。

茂吉は通行人を装って借家の前まで行くと、歩調をゆるめたが足をとめずに通り過ぎた。そして、すこし離れてから踵《きびす》を返してもどってきた。

茂吉は市之介たちのそばにもどると、

「家にだれかいやす！」

と、昂《たかぶ》った声で言った。

「だれか、分かるか」

市之介が訊いた。

「だれか分からねえが、ひとりじゃァねえ」

茂吉によると、家のなかから話し声が聞こえたという。

「武士か」

「へい、武家の言葉遣いでしたぜ」

「坂口が、だれか仲間を連れてきたとみていいいな」

「どうする」

糸川が訊いた。

「何人いるか、分かればな」

家にいる人数によって、このまま見張るか、家に踏み込んで捕らえるか、打つ手が変わってくる、と市之介は思った。

「今度は、おれが様子を見てくる」

そう言って、糸川はその場を離れた。

糸川も、借家の前で歩調をゆるめて聞き耳を立てていたようだが、すこし歩いてから踵を返し、市之介たちのいる場にもどってきた。

「すくなくとも、三人はいる」

糸川が言った。家のなかで、三人の男の声が聞こえたという。ただ、他の場所から物音も話し声も聞こえなかったので、三人だけかもしれないと言い添えた。

「だれがいたか、分かるか」

市之介が訊いた。

「坂口どの、と呼ぶ声が聞こえたので、坂口はいるようだが、他のふたりは分からない。ただ、ふたりも武士であることはまちがいない」

糸川が、他のふたりも武家言葉だったことを言い添えた。

「家に踏み込んで、討つわけにはいかないな」

市之介は、三人とも道場にかかわる者なら遣い手とみた。茂吉を除いても三対三だが、まともにやり合ったら後れをとるだろう。

「様子をみよう」

市之介が、その場にいた三人に目をやって言った。

7

「出てこねえなァ」

茂吉が生欠伸を嚙み殺して言った。

市之介たちは、坂口たちのいる借家の見える路傍の樹陰にいた。その場から、借家を見張っていたのである。

「そのうち出てくる」

市之介は、坂口はともかく他のふたりがこのまま家に泊まるとは思わなかった。陽は西の空にまわっていた。あと、半刻（一時間）もすれば、暮れ六ツ（午後六時）の鐘が鳴るだろう。

「あっしが、様子をみてきやす」

そう言って、茂吉が樹陰から出ようとした。その足がふいにとまり、「出てきた！」と言って、慌てて樹陰にもどった。

見ると、借家の戸口からふたりの武士が出てきた。中背の武士と痩身の武士である。遠方ではっきりしないが、瘦身の武士は若い感じがした。

「あやつ、おれと立ち合った男だ」

糸川が、中背の武士を指差して言った。

「もうひとりは、初めて見るが、四人の賊のなかのひとりとみていいな」

市之介は、これで残る四人の賊がそろったと胸の内でつぶやいた。

霞袈裟を遣う坂口弥八郎、それに戸口から出てきたふたり、残るひとりは坂口たちに客人と呼ばれている男である。

ふたりの武士は戸口から出た後、市之介たちが身をひそめている方に歩いてくる。

「ど、どうしやす」

茂吉が、声を震わせて訊いた。

「ふたりの跡を尾ける」

　市之介は、ふたりの住家をつきとめれば、ひとりずつ捕らえることもできるし、客人と呼ばれる男の居所も摑めると踏んだ。

　市之介たちはふたりの武士をやり過ごし、路地の先に遠ざかってから跡を尾け始めた。ふたりの武士が振り返っても気付かれないように、茂吉が先にたち、市之介たち三人はさらに大きく間をとって茂吉を尾けることにした。

　先を行くふたりの武士は、路地から表通りに出ると、浜町堀の方にむかった。そして、浜町堀沿いの通りに出ると、すぐに栄橋を渡った。

　茂吉が、慌てた様子で足を速めた。栄橋を行き来する人の姿にまぎれ、ふたりの武士の姿が見えなくなったのだ。

　市之介たちは、走った。茂吉に近付くためである。

　先を行くふたりの武士は、栄橋を渡ると二手に分かれた。中背の武士は左手におれ、瘦身の武士は、ひろい通りをまっすぐ東にむかっていく。

　茂吉は栄橋を渡って橋のたもとまで来ると、どちらを尾けるか迷ったが、ひろい通りを東にむかった瘦身の武士を尾けることにした。左手におれた中背の武士は、ひとりになると足を速めたらしく、遠方を歩いていた。行き交うひとの間に紛れて、見失う恐れがあったのだ。

茂吉は、通りの先を行く痩身の武士との間をつめた。そこにも人通りがあり、多少近付いても気付かれる恐れがなかったのだ。後続の市之介たちも、茂吉の跡を尾けてきた。

通り沿いにつづいた町家が途絶え、武家地に入った。通りの左右には、武家屋敷が多くなった。御家人や小身の旗本と思われる屋敷がつづいている。

痩身の武士は御家人の屋敷と思われる木戸門の前に立ち、左右に目をやってから門内に入った。門扉はあいたままになっている。

市之介たちは門前まで来てすこし足をゆるめたが、そのまま通り過ぎた。そして、半町ほど歩いてから路傍に足をとめた。

「あの男、御家人らしいな」

市之介が小声で言った。

「そのようだ」

糸川も、御家人とみたようだ。

「ただ当主かどうか分からないぞ」

市之介は、尾けてきた男が当主にしては若い感じがしたのだ。

「近所の者に訊けば、何者か分かるのではないか」

そう言って、糸川が通りの左右に目をやった。

市之介は、通りの先から歩いてくるふたりの中間《ちゅうげん》ふうの男を目にとめ、

「あのふたりに訊いてみる」

と言い残し、ふたりの中間に近付いた。

市之介は、中間の前に立つと、

「ちと、訊きたいことがある」

と、声をかけ、中間といっしょに歩きだした。

「なんです」

年配の中間が訊いた。顔に不安そうな色がある。見ず知らずの武士に声をかけられたからだろう。

「そこの屋敷に住んでいるのは、幕臣か」

市之介は屋敷を指差して訊いた。

「そうでさァ」

年配の中間が言った。

「いま、おれの知り合いらしい男が入ったのだが、だれの屋敷か分かるか」

「吉川さまでさァ」

もうひとりの中間が言った。浅黒い顔をしている。

「吉川な」

そのとき、市之介の脳裏に、彦造が口にした吉川藤三郎の名がよぎった。まちがいなく、吉川は盗賊のひとりである。

「若い当主か」

すぐに、市之介が訊いた。

「当主は、五十過ぎのはずですぜ」

「五十過ぎか。おれの知っている男は、当主ではないな。まだ若く、剣術の稽古に励んでいるはずだ」

「それなら、藤三郎さまでさァ」

浅黒い顔をした男が言った。

「藤三郎どのは、嫡男ではないのだな」

「三男ですが、次男の方が亡くなっているので、次男と同じでさァ。ただ、吉川家の跡取りはいやすからね。藤三郎さまは、剣術で身をたてようとなさっていると聞きやした」

浅黒い顔をした中間は、聞かないことまで喋った。

「いや、手間をとらせた」

そう言って、市之介は足をとめた。それ以上、藤三郎のことで訊くことはなかったのである。

8

市之介は、ふたりの中間から聞いた話を糸川たちに伝えた後、

「藤三郎を捕らえて話を聞けば、他の仲間の居所も知れるな」

と、言い添えた。

「屋敷に踏み込むか」

糸川が意気込んで言った。

「いや、屋敷に踏み込むと、騒ぎが大きくなる。出てくるのを待とう」

市之介は、騒ぎが大きくなると、坂口や他の仲間に知れると思った。それに、藤三郎を取り逃がす恐れもあった。

市之介たちは、近くにあった旗本屋敷の築地《つい》塀《じべい》の陰にまわって、藤三郎が姿を

あらわすのを待つことにした。

藤三郎は、なかなか出てこなかった。すでに暮れ六ツの鐘が鳴り、辺りは夕闇に染まっていた。吉川家からも淡い灯が洩れている。

「今日は、出てこないな」

市之介は諦めようと思った。

市之介たち四人は、明日出直すことにしてそれぞれの塒《ねぐら》に帰ることにした。

翌日、市之介、糸川、佐々野の三人は、陽が高くなってから吉川家の屋敷の近くにきた。そして、昨日身を隠した築地塀の陰にまわると、先に来ていた茂吉の姿があった。茂吉は朝のうちに、来ることになっていたのだ。

「藤三郎は、屋敷にいるか」

市之介が茂吉に訊いた。

「いやす」

茂吉によると、吉川家の屋敷から出てきた下男にそれとなく訊き、藤三郎が屋敷にいることが分かったという。

「そのうち出てくるな」

市之介は、その場に身を隠して藤三郎が出てくるのを待とうと思った。

市之介たちがその場に来て、一刻（二時間）ほど経ったろうか。木戸門から男がひとり出てきた。

「吉川だ！」

市之介は、藤三郎ではなく吉川と呼んだ。その方が分かりやすかったからである。

藤三郎は、足早に市之介たちが身を隠している方へ歩いてくる。幸いなことに、近くに通行人の姿はなかった。遠方に、中間らしい男が歩いているだけである。

市之介と茂吉が、藤三郎の前に飛び出した。

藤三郎は、ギョッとしたように、立ちすくんだ。いきなり市之介たちが飛び出してきたので驚いたらしい。

糸川と佐々野は、藤三郎の背後にまわった。逃げ道をふさいだのである。

「うぬは、青井！」

藤三郎は目をつり上げて、腰の刀に手をかけた。

「手向かってもむだだ」

市之介は抜刀し、刀身を峰に返した。斬らずに、峰打ちでしとめるつもりだった。

「おのれ！」

叫びざま、藤三郎は抜刀した。

これを見た糸川と佐々野も、刀を抜いた。峰打ちにするつもりらしく、ふたりとも刀身を峰に返している。

茂吉は、すばやく市之介のそばから身を引いた。闘いにくわわるつもりは、当初からなかったのだ。

藤三郎は青眼《せいがん》に構えると、剣尖《けんせん》を市之介の目線につけた。遣い手らしく、腰の据《す》わった隙のない構えである。

市之介は青眼に構えると、「いくぞ！」と声をかけ、摺《す》り足で藤三郎との間合をつめ始めた。

藤三郎は動かなかったが、一気に市之介との間合が狭まった。

市之介は一足一刀の斬撃の間境に近付くや否や、タアッ！　と鋭い気合を発して、青眼に構えた切っ先を突き出した。誘いである。斬り込むとみせて、敵に斬り込ませようとしたのだ。

イヤアッ！

甲走った気合を発し、藤三郎が斬り込んできた。

青眼から真っ向へ――。

鋭い斬撃だったが、市之介はこの太刀筋を読んでいた。右手に体を寄せざま、刀を横に払った。一瞬の太刀捌《たちさば》きである。

藤三郎の切っ先は市之介の肩先をかすめて空を切り、市之介の峰打ちは藤三郎の腹を強打した。

藤三郎は手にした刀を取り落とし、苦しげな呻き声を上げて、その場にうずくまった。肋骨でも折れたのかもしれない。

「動くな！」

市之介が、切っ先を藤三郎の首につけた。

そこへ、糸川と佐々野が走り寄り、藤三郎の両腕を取ると、引きずるようにして築地塀の陰に連れ込んだ。人通りがあったので、身を隠したのである。

市之介たちは藤三郎の両腕を後ろに縛り、猿轡《さるぐつわ》をかませると、用意した深編笠をかぶせた。猿轡は見えるが、前と左右にだれか立てば、隠すことができるだろう。

市之介たちは、人影のすくない脇道や新道をたどって、藤三郎を神田相生町《あいおいちょう》にある佐々野の家に連れ込んだ。

佐々野家には、裏手に家族もあまり近寄らないような古い納屋があった。市之介たちは捕らえ者を他人の目に触れないように吟味《ぎんみ》するとき、佐々野家の納屋に連れ込むことが多かった。

納屋のなかは、闇につつまれていた。明かり取りの窓もない密閉された建物である。ただ、粗壁の崩れたところからわずかなひかりが入り、男たちの姿をぼんやりと浮かび上がらせた。

市之介は納屋の土間に藤三郎を座らせると、

「藤三郎、ここは地獄の拷問蔵《せめぐら》だ」

そう言って、藤三郎の前に立った。闇のなかにぼんやり浮かび上がった市之介の顔は、ふだんとはちがう凄みがあった。

「……！」

藤三郎は何も言わなかったが、体は顫えていた。

「うぬらが、坂口たちと、笠松屋と堂島屋に押し入ったことは、承知している」

市之介が藤三郎を見すえて言った。

「し、知らぬ。おれは、商家に押し入ったことなどない」

藤三郎が声を震わせて言った。

「藤三郎、うぬは武士であろう」

「……！」

「武士なら、潔く話せ、それに、彦造がすべて吐いた。奪った金で、古くなった坂口の道場を建て直すことも分かっている」

市之介は、坂口の名を出して言った。

藤三郎が驚愕に目を剝いた。そこまで、知られているとは思わなかったのだろう。

「まず、訊く。小宮山政蔵の住家は、どこだ」

「し、知らぬ」

藤三郎が顔をしかめて言った。

「藤三郎、おれたちは幕府の目付筋の者だ。同じ幕臣として、おぬしに武士らしく腹を切らせてやってもいい」

「……！」

藤三郎は息を呑んで市之介を見つめた。

「おぬしたちは商家に押し入り、人を殺し、大金を奪っている。おぬしたちを追っているのは、おれたちだけではない。町方も、おぬしたちを追っている。おぬしは、捕らえられればどうなるかよく分かってないようだが、町方に捕らえられれば、獄門だぞ。……おぬしだけではない。吉川家も、取り潰しということになろうな」

町方の動きは鈍かったが、市之介はあえて町方のことを出したのだ。

「お、俺はどうなってもいい。……家は、見逃してくれ」

藤三郎が、市之介に縋《すが》るような目をむけて訴えた。

「小宮山政蔵の住家は？」

市之介があらためて訊いた。

藤三郎は戸惑うような顔をしたが、

「薬研《やげん》堀近くだ」

と口にし、松永《まつなが》という大身の旗本屋敷の近くなので、行けば分かると言い添えた。

「小宮山は当主か」

「次男で、おれと同じように家を出ねばならない身だ」

「小宮山も剣で身をたてようと思っているのだな」

「そうかもしれぬ」

藤三郎が肩を落として言った。

「盗賊一味には、もうひとりいたな。……頭目格の男だ」

市之介が、声をあらためて訊いた。

「高村《たかむら》八十郎《やじゅうろう》どのだ」

藤三郎は観念したらしく隠さずに話した。

「門弟か」

「ちがう。高村どのは食客として、道場の裏手にあったお師匠の家に住んでいたのだ」

藤三郎が言った。師匠とは、坂口のことである。

「食客か」

「そうだ」

「いま、高村はどこに身を隠している」

「知らない。お師匠のところにいることが多いが……。どこかの借家にでも住んでいるのかもしれない」

「そうか」

市之介は、そこまで藤三郎に訊いて身を引いた。

すると、糸川が前に出て、

「高村が一味の頭格ではなかったのか」

と、藤三郎を見すえて訊いた。

「そうだ。高村どのは、お師匠に新たに建てる道場に専念してもらうために、金のことはおれがやると言って彦造とふたりで、押し込みの手を考えたのだ」

「そういうことか」

糸川がうなずいた。

それで、市之介たちの藤三郎に対する訊問《じんもん》は終わった。

第五章　口封じ

1

おみつは、乱れ箱から羽織を取り出すと、市之介の背にかけながら、

「今日は、どこにお出かけですか」

と、心細そうな顔をして訊《き》いた。ここ連日、市之介が出かけているので、おみつは寂しいにちがいない。

「もうすこしで、伯父上に頼まれた件の始末がつく。そうしたら、また屋敷にいることが多くなるはずだ」

市之介が、羽織の袖に腕を通しながら言った。

「わたし、心配なんです。昨日も、屋敷を窺っているお侍がいたし、旦那さまを

襲うような気がして……」

おみつが眉を寄せて言った。

「なに、屋敷を窺っている者がいたと」

市之介は、振り返っておみつに目をやった。

「は、はい、屋敷の表門の方をじっと見てました」

おみつは門の脇まできて、その武士に気付き、急いで屋敷内にもどったという。

「おみつ、しばらく屋敷から出るな。なに、二、三日の間だ。どうしても、外に用事があるときは、おれもいっしょに行く」

市之介は、坂口たちではないかと思った。市之介たちが、事件の探索にあたっていることを知ったのだろう。坂口たちはおみつやつるを人質にとって、市之介を呼び出して討とうとするかもしれない。

「義母上《ははうえ》は」

おみつが、心配そうな顔をして訊いた。

「おれから、話しておく」

市之介はそう言って、つるのいる奥の部屋にむかった。

いっときすると、市之介がつるを連れて、おみつのいる部屋にもどってきた。

「二、三日で始末がつく、それまで屋敷内にいてくれ」

市之介は、あらためてふたりに言ってから玄関にむかった。

ふたりは玄関までついてきたが、屋敷から出なかった。市之介は表門を出ると、通りに目をやったが、それらしい人影はなかった。

市之介は屋敷を出ると、神田川にかかる和泉橋にむかった。茂吉や糸川たちが待っているはずである。市之介たちは小宮山政蔵を捕らえるために、まず薬研堀近くにある松永という旗本屋敷を探すつもりだった。

和泉橋のたもとで、茂吉、糸川、佐々野の三人が待っていた。

市之介は三人に近付くと、

「すまぬ。待たせてしまった」

と言ってから、坂口たちが、おれの屋敷に目をつけたようだ、と言い添えた。

「旦那、屋敷を留守にしていいんですかい」

茂吉が心配そうな顔をして訊いた。

「今日は来てないようだ。小宮山なり、高村なりを討てば、一味もおれの屋敷に手を出す余裕はなくなるはずだ」

そう言って、市之介が先に和泉橋を渡り始めた。

　市之介たちは柳原通りに出ると、東にむかい、賑やかな両国広小路《りょうごくひろこうじ》を経て、薬研堀にかかる元柳《もとやなぎ》橋を渡った。そして、橋のたもとを右手におれ、薬研堀沿いの道を西にむかった。道沿いに大名家の下屋敷があり、その先には旗本や御家人の屋敷などがつづいていた。

「まず、松永さまの屋敷を探すのだな」

　糸川が、通り沿いの武家屋敷に目をやりながら言った。

「訊いた方が早いな」

　市之介は、通りの先に目をやった。前方にふたり連れの武士の姿が見えた。御家人か旗本に仕える家士らしい。

　市之介はふたりの武士が近付くと、

「ちと、お尋ねしたいことがござる」

　と、声をかけた。

「何かな」

　初老の武士が訊いた。

「この辺りに、旗本の松永さまのお屋敷があると聞いてまいったのだが、お屋敷はどこにあるかご存じか」

市之介が訊いた。

「松永さまなら、この先ですよ」

初老の武士は振り返って指差し、二町ほど行くと、通りの右手に大きな旗本屋敷があるので、すぐに分かると言い添えた。

「かたじけない」

市之介はふたりの武士に礼を言って、その場を離れた。

市之介は、糸川たちとともに二町ほど歩いた。

「あれだ、松永さまのお屋敷は」

佐々野が指差した。

通り沿いに、大身の旗本屋敷らしい豪壮な門番所付の長屋門を構えていた。付近では目を引く、大身の旗本屋敷である。

「小宮山の屋敷は、どれかな」

市之介は、通りの先に目をやった。

旗本や御家人の屋敷がつづいていたが、どれが小宮山家の屋敷か分からない。

「あっしが訊いてきやす」

茂吉が遠方に中間《ちゅうげん》らしいふたり連れを目にして、小走りにふたりの方にむかった。

茂吉はふたりの中間と何やら話していたが、いっときすると市之介たちのところへ戻ってきた。

「知れやしたぜ、小宮山家の屋敷が」

と、茂吉が息を弾ませて言った。

「どこだ」

「松永さまのお屋敷の斜向《はすむ》かいだそうで」

茂吉が言った。

「あれだな」

市之介はすぐに分かった。松永家の屋敷の斜向かいに、百石前後と思われる御家人の屋敷があった。質素な木戸門である。

「どうする」

市之介が糸川に訊いた。

「屋敷に小宮山がいるかどうか、分からないし、踏み込むわけにはいかないな」

糸川が言った。

「小宮山があらわれるまで、待つしかないか」

市之介は近くの物陰に身を隠して、小宮山が姿をあらわすまで待とうと思った。

2

市之介たちは、築地塀《ついじべい》の陰に身を隠していた。そこは、小宮山家の屋敷に近い旗本屋敷の脇である。

小宮山は、なかなか姿をあらわさなかった。

「出てきますかね」

茂吉がうんざりした顔で訊いた。

「そのうち出てくる」

市之介が言った。小宮山もいずれ家を出ねばならない身だった。やることもなく屋敷内にいることの辛さは、身に染みているだろう。

陽は頭上にあった。市之介たちは、空腹を覚えてきた。

「どうだ、交替でめしでも食ってくるか」

市之介が、その場にいた糸川たちに声をかけた。

そのとき、小宮山家の屋敷に目をやっていた佐々野が、

「だれか、出てきた」

と、声を殺して言った。

「小宮山だ！」

小宮山家の木戸門から出てきたのは、小宮山政蔵だった。

「こっちへきやす」

茂吉が言った。

「捕らえるぞ」

市之介は通りの左右に目をやった。幸い、近くに人影はなかった。遠方に、武士の姿がちいさく見えるだけである。遠過ぎて、市之介たちには、その武士が何者かまったく分からなかった。

武士は、高村だった。高村は小宮山に話があって来たのだが、市之介たちの姿を目にすると、武家屋敷の築地塀の陰に身を寄せた。市之介たちは多勢とみて、様子をみるつもりになったらしい。

市之介たちは小宮山が近付くと、築地塀の陰から走り出た。

吉川を捕らえたときと同じように、市之介と茂吉が小宮山の前に、糸川と佐々野が背後にまわり込んだ。

一瞬、小宮山はその場に立ち竦《すく》んだが、

「青井たちか！」

叫びざま、抜刀した。

「小宮山、刀を引け！」

市之介が言った。

「斬り捨ててくれる！」

叫びざま、小宮山は青眼《せいがん》に構えると、切っ先を市之介にむけた。

「やるしかないようだ」

市之介は抜刀すると、刀身を峰に返した。吉川と同じように、峰打ちで仕留めるつもりだった。

小宮山の背後にまわり込んだ糸川と佐々野も抜刀し、刀身を峰に返した。

……なかなかの遣い手だ。

と、市之介はみてとった。

小宮山の青眼の構えには、隙がなかった。腰が据《す》わり、剣尖《けんせん》は市之介の目線につけられている。

市之介も青眼に構え、剣尖を小宮山の目線につけた。

青眼と青眼――。

ふたりは対峙《たいじ》したまま動かず、全身に気勢を込め、気魄《きはく》で攻めていたが、小宮山が先《せん》をとった。市之介の気魄に押され、対峙していられなくなったらしい。

小宮山は、足裏を摺《す》るようにしてジリジリと間合をつめてきた。対する市之介は、動かず、ふたりの間合と小宮山の気の動きを読んでいる。

ふいに、小宮山の寄り身がとまった。一足一刀の斬撃の間境の一歩手前である。

このとき、小宮山の背後にいた糸川が一歩踏み込んだ。

その気配で、小宮山の全身に斬撃の気がはしった。糸川の動きに、誘発されたのである。

イヤアッ！

小宮山は裂帛《れっぱく》の気合を発し、青眼から真っ向に斬り込んだ。

一瞬、市之介は刀を振り上げて、小宮山の斬撃を受け、右手に踏み込みざま二の太刀を横に払った。神速の連続技である。

ドスッ、という鈍い音がし、市之介の峰打ちが小宮山の腹に食い込んだ。

小宮山は苦しげな呻《うめ》き声を上げてよろめき、足がとまると、左手で腹を押さえてうずくまった。そこへ、背後から糸川と佐々野が近付き、小宮山の両腕をとった。そして、小宮山を立たせると、引きずるようにして築地塀の陰に連れていった。通りから身を隠したのである。

市之介たち三人は、まず小宮山に猿轡《さるぐつわ》をかました。声を封じたのだ。次に、市之介たちは小宮山の両腕を後ろにとって縛った。

小宮山は、抵抗しなかった。苦痛に顔をしかめ、市之介たちのなすがままになっている。

「どうする」

糸川が訊いた。

「また、佐々野のところの納屋を借りるか」

市之介は、小宮山から高村の居所と奪った金の隠し場所を訊いてみようと思ったのだ。

「茂吉、どうだ、通りの様子は」

市之介が、通りに目をやっている茂吉に訊いた。

「遠くに、中間がいるだけですぜ」

「よし、小宮山を連れ出そう」

市之介は糸川と佐々野の手を借りて、小宮山を築地塀の陰から通りに連れ出した。

通りに目をやると、茂吉の言うとおり、遠方にふたりの中間の姿が見えるだけだった。

市之介たちは、吉川のときと同じように捕らえた小宮山に深編笠をかぶせ、三人で取り囲むようにして歩いた。

このとき、遠方にいた武士が、物陰に身を隠すようにして市之介たちの跡を尾っけ始めた。

市之介たちは、気付かない。

武士は、市之介たちが通りを西にむかい、栄橋のたもとに出て足を北にむけたのを目にすると、急に走りだした。

そして、栄橋を渡り、富沢町の町筋に走り込んだ。武士は坂口のいる借家にむかったのである。

市之介たちは、背後から跡を尾けてきた武士の動きに気付かなかった。

3

市之介たちは捕らえた小宮山を連れ、浜町堀沿いの道を北にむかった。堀沿いの道は、ちらほら人影があった。市之介たちは不審を抱かれないように、小宮山を取り囲むようにして歩いた。

千鳥《ちどり》橋のたもとまで来たとき、岸際に植えられた柳の樹陰で一休みした。朝から動きつづけて疲れたのである。

市之介たちはいっとき休んだだけで、すぐに堀沿いの道を北にむかった。そして、人通りの多い緑橋のたもとを過ぎてしばらく歩いたとき、堀際に立っているふたりの武士の姿が目にとまった。ふたりとも、深編笠をかぶっていた。小袖に袴姿で、二刀を帯びている。

ふたりの武士は市之介たちが近付くと、岸際から道のなかほどに出てきた。

先を歩いていた糸川が、ふたりの武士を目にして、

「あのふたり、おれたちを狙っている！」

と、声高に言った。

そのとき、背後に目をやった茂吉が、

「後ろからもきやす！」

と、昂《たかぶ》った声を上げた。

背後から近付いてくる男も、深編笠をかぶって顔を隠していた。

「おれたちを挟み撃ちにする気だ」

市之介が言った。

「岸際に身を寄せろ！」

糸川が叫んだ。前後から攻撃されるのを防ぐためである。

市之介たちは、浜町堀を背にして立った。近くを通りかかった町人たちは、悲鳴を上げて逃げ散った。

右手からひとり、左手からふたり。深編笠で顔を隠した三人の武士が、市之介たちのそばに走り寄った。

市之介は、前に立った長身の武士の体軀《たいく》に見覚えがあった。

「坂口弥八郎か！」

市之介が声高に誰何《すいか》した。

「見破られたからには、このようなものはいらぬ」

武士は、深編笠をとって路傍に投げた。

坂口は、「いくぞ！」と声をかけて抜刀した。そして、青眼に構えると、切っ先を市之介にむけた。

坂口は霞袈裟《かすみげさ》の構えをとらなかった。しかも、市之介との間合をひろくとっている。

……こやつ、闘う気はないのか。

市之介は坂口に戦意がないのを感じとった。

このとき、糸川と佐々野は捕らえた小宮山の左右に立っていた。左右といっても、ふたりの武士と闘うために、小宮山より一歩前に出ている。

糸川の前には、大柄な武士が立った。手にした大刀を青眼に構え、剣尖を糸川の目線につけている。どっしりと腰が据わり、隙がなかった。

……こやつ、高村か！

と、糸川は思った。糸川はこの男を、以前汐見橋の近くで坂口たちに襲われたとき目にしていたのだ。

糸川も青眼に構え、剣尖を大柄な武士にむけ、

「おぬし、高村だな」

と、声をかけた。

「だれでもいい」

大柄な武士が、くぐもった声で言った。

「小宮山を助けにきたのか」

糸川が訊いた。

「問答無用」

大柄な武士は、一歩前に踏み込んだ。それでも、糸川との間合は、斬撃の間境から一間ほども離れている。

対する糸川は、動かなかった。いや、動けなかったのである。捕らえた小宮山から離れるわけにはいかなかったのだ。

一方、佐々野の前には、ずんぐりした体軀の武士が立った。佐々野が、初めて目にする体軀の男だった。

「おぬし、何者だ！」

佐々野が、声高に訊いた。

だが、武士は無言だった。八相《はっそう》に構えたまま、足裏を擦るようにしてジリジリと間合を狭めてくる。

佐々野は武士の剣尖の威圧に押されて、後じさった。だが、後方に小宮山がいたので、脇に逃げた。

そのときだった。糸川と対峙していた大柄な武士が、仕掛けてきた。摺り足で糸川との間合をつめると、
イヤアッ！

いきなり裂帛の気合を発し、真っ向へ斬り込んできた。素早い太刀《たち》捌《さば》きである。

咄嗟《とっさ》に、糸川は脇に跳んで、大柄な武士の斬撃から逃れた。

大柄な武士はさらに踏み込んで小宮山に迫ると、いきなり袈裟に斬りつけた。深く切っ先が小宮山が被っていた深編笠を斬り裂き、さらに肩から胸にかけて、斬り下げた。大柄な武士は、糸川でなく小宮山を斬ったのである。

小宮山は驚愕に目をむき、大柄な武士を見つめたままよろめき、腰から崩れるように転倒した。

「始末がついたぞ！」

大柄な武士が後じさりながら、他のふたりに声をかけて走りだした。

すると、市之介と対峙していた坂口が、素早い動きで身を引き、

「おぬしは、近いうちに斬る」

と言い残し、反転して走りだした。大柄な武士の後を追っていく。

ふたりにつづいて、ずんぐりした体軀の武士も反転して走りだし、逃げていく
ふたりの武士の後を追った。

「きゃつら、小宮山の口封じに来たのだ！」

糸川が声高に言って、倒れている小宮山に近寄り、深編笠をとった。

市之介、佐々野、茂吉の三人も、小宮山に走り寄った。

小宮山は、血塗《ちまみ》れになって倒れていた。猿轡をかまされていたが、顔を苦痛にしかめ、呻き声を漏らしていた。

……小宮山は助からない！

と、市之介はみてとった。出血が激しかった。長くは持たないようだ。

「小宮山、しっかりしろ」

市之介は小宮山の背後にまわり、背中に手を差し入れて身を起こした。

すると、糸川が手早く小宮山の猿轡をとってやった。

「坂口たちといっしょにいた男は、何者だ」

市之介が訊いた。

「い、伊沢稲之助《いざわとうのすけ》……」

小宮山が声を震わせて言った。隠す気はないようだ。

「伊沢は何者だ」

「も、門弟だった男だ。……ち、ちかごろ、お師匠のところに、顔を出すようになったらしい」

小宮山は、苦しげに顔をしかめて言った。

そのとき、市之介の脇にいた糸川が身を乗り出し、

「おぬしを斬ったのは、高村だな」

と、念を押すように訊いた。

「そ、そうだ」

小宮山の顔が、憎悪にゆがんだ。

「初めから、口封じのために仲間のおぬしを斬るつもりだったのだ。武士とは思えぬやつらだ」

糸川の顔にも、憎悪の色が浮いた。

糸川が身を引くと、市之介が、

「奪った金は、どこにある」

と、小宮山に顔を近付けて訊いた。

「お師匠の家に……」

小宮山はそう言った後、激しく身を震わせ、グッと喉のつまったような呻き声を漏らした。そして、体が硬直した次の瞬間、急に力が抜けてぐったりなった。

絶命したようである。

4

「さて、どうするか」

市之介が言った。

市之介、糸川、佐々野、茂吉の四人は、豊島町にあるやなぎ屋の二階の座敷にいた。市之介が、青井家に姿を見せたふたりを案内したのだ。茂吉は屋敷内にいたので、いっしょに連れてきたのである。

「坂口と高村のふたりは、富沢町の借家にいるかな」

糸川が言った。

「伊沢稲之助も、いるかもしれぬ。小宮山の話では、笠松屋と堂島屋から奪った金は、富沢町の借家に隠してあるようだ。……その家をあけるわけには、いくまい。それに、坂口はあの借家しか行き場はないからな」

「どうだ、富沢町の借家を襲って、坂口たちを討つか」

糸川が言った。

「ここにいる四人でか」

市之介は、坂口たちに返り討ちにあうとみた。四人といっても、茂吉は斬り合いにはくわわれないのだ。

相手も三人だが、いずれも腕がたつ。それに、坂口は市之介たちの襲撃にそなえて、伊沢のように門弟だった男に声をかけて、新たに味方にくわえるかもしれない。そうなると、太刀打ちできないだろう。

「無理だな」

糸川も、三人では坂口たちを討てないとみたようだ。

「かといって、このまま様子をみているわけにもいかないぞ。……そのうち、坂口たちは道場を建て始めるはずだ」

「うむ……」

糸川は、いっとき虚空に目をやって黙考していたが、

「おれたちも、人数を増やそう」

と、意を決したような顔をして言った。

「どうやって増やす」

市之介が訊いた。

「御頭に相談し、目付筋のなかの腕のたつ者に声をかけて手を貸してもらうのだ」

糸川が、御目付の大草に会って状況を話し、御徒《おかち》目付や御小人《おこびと》目付のなかから腕のたつ者を集めると話した。

「腕のたつ者が三人ほどくわわれば、十分だ」

市之介が言った。市之介、糸川、佐々野の三人に、三人くわわれば六人になる。坂口が人数を増やしたとしても、ひとりかふたりのはずだ。

「すぐに、御頭にお会いする」

糸川が語気を強くして言った。

それから、市之介たちはとどいたそばを食べ、やなぎ屋の店先で別れた。糸川と佐々野は、この場から神田小川町にある大草家の屋敷にむかうという。

「旦那、どうしやす」

茂吉が訊いた。

「富沢町の借家に様子を見に行ってもいいが、やめておこう。坂口たちの目にとまると生きては帰れないからな」

市之介は、屋敷に帰ろうと思った。久し振りに、屋敷でゆっくりするつもりだった。

翌朝、市之介の屋敷に糸川と佐々野が顔を出した。対応に出たおみつとつるは、喜んでふたりを庭に面した座敷にとおした。客間より、その座敷の方が寛《くつろ》げたからである。

市之介は、おみつとつるが茶を淹《い》れるために座敷を出ると、

「糸川、御目付からどのような話があった」

と、訊いた。大草のことを伯父上でなく、御目付と呼んだ。糸川たちと同じ呼び方をしたのだ。

「三人、くわわることになった」

糸川によると、御徒目付と御小人目付のなかから腕のたつ者を三人選んだという。

「徒目付の池井《いけい》順之助《じゅんのすけ》と荒井《あらい》登兵衛《とうべえ》、それに小人目付の宇川《うがわ》太四郎《たしろう》だ。三人とも、

なかなかの遣い手だ」

「その三人がくわわれば、坂口たちに後れをとることはないな」

市之介が言った。

「それで、いつやる」

「池井たち三人は、すぐに集められるのか」

「明日でも、集められる」

「早い方がいい。明日はどうだ」

市之介は、一日でも早い方がいいと思った。

「いいだろう。池井たち三人には、おれから話しておく」

「ただ、池井たち三人を同行し、富沢町に出向いても、坂口たちがいなければ無駄足になるぞ」

「いなければ、また出直せばいいのだ」

「明日、何時ごろ、どこに集まる」

市之介が、糸川に訊いた。池井たちが集まりやすい場と時間を考慮し、糸川に場所と刻限を決めてもらおうと思ったのだ。

「場所は、汐見橋のたもとがいいな」

「何時《なんどき》ごろがいい」

「四ツ（午前十時）ごろは、どうだ」

糸川は、市之介と佐々野に目をやって訊いた。

「おれはいいぞ」

市之介が言うと、佐々野もうなずいた。

市之介たちがそんなやり取りをしていると、障子があいてつるとおみつが顔を出した。おみつは、湯飲みを載せた盆を手にしていた。座敷にいる市之介たち三人に、茶を淹れてくれたらしい。

つるは市之介の脇に座すと、

「お茶がはいりましたよ」

と言って、おみつに目配せした。

おみつは、糸川と佐々野に茶を出してから、市之介の膝先にも湯飲みを置いた。そして、おみつも市之介の脇につると並んで座した。女ふたりは、男たちに何か話があって座敷に残ったようだ。おそらく、遊山《ゆさん》にでも行く話を持ち出すだろう。

「明日は、雨かもしれん。どこかに出かけるのは、やめた方がいいな」

市之介が、女ふたりに先手を打って言った。

5

翌朝、晴天だった。

おみつは、市之介の背後から羽織をかけてやりながら、

「旦那さま、今日は秋晴れですよ」

と、口元に笑みを浮かべて言った。昨日、市之介が言ったことを覚えていたらしい。

「おみつ、此度《こたび》の件の始末がついたらな、母上も連れて遊山に出かけてもいい。しばらくの辛抱だな」

市之介が、声をひそめて言った。

「それより、わたし、旦那さまのことが心配で」

おみつが、眉を寄せて言った。おみつは、市之介が幕臣がかかわった事件の始末をするために、糸川たちといっしょに連日出かけていることを知っていた。

「おれのかかわった件も、そろそろ始末がつく。それまで、おみつも母上といっしょに屋敷内にいてくれ」

「そうします」

おみつは、素直にうなずいた。

市之介は屋敷に来ていた茂吉を連れて、汐見橋にむかった。浜町堀沿いの通りに出ていっとき歩くと、前方に汐見橋が見えてきた。

「旦那、糸川さまたちが集まってます」

茂吉が前方を指差して言った。

汐見橋のたもとに、糸川たちが集まっていた。五人いる。糸川と佐々野にくわえ、三人の武士の姿があった。

市之介たちが橋のたもとまで行くと、池井、荒井、宇川の三人が名乗った。市之介も名乗った後、

「富沢町の借家に、坂口たちがいるかどうかだな」

糸川が言った。

「ともかく、借家の近くまで行ってみるか」

市之介は、近くまで行って借家に坂口たちがいるかどうか、茂吉に様子を見てこさせようと思った。

「そうだな」

糸川が言い、先にたって浜町堀沿いの道を富沢町にむかった。

市之介たちは、坂口の住む借家のある路地に入った。そして、前方に借家が見えてきたとき、路傍に足をとめ、

「茂吉、借家を見てきてくれ」

と、市之介が声をかけた。

「へい」

茂吉は、すぐに市之介たちから離れ、路地の先にむかった。

市之介たちはその場に残って、茂吉がもどってくるのを待った。茂吉はなかなかもどってこなかった。

市之介が様子を見にいってみようかと思い、その場を離れようとしたとき、前方に茂吉の姿が見えた。茂吉は、走ってくる。

茂吉は市之介たちのそばに来ると、ハアハアと荒い息をついてから、

「い、いやす」

と、声をつまらせて言った。

「坂口か」

市之介が訊いた。

「ほ、他に、二、三人……」

茂吉によると、借家のなかで、何人かの話し声が聞こえたという。

「坂口の他に、だれがいるか分かったか」

市之介は、借家にだれがいるか知りたかった。

「高村どの、と呼ぶ声が聞こえやした」

「高村もいるようだ」

市之介は、糸川たちと借家に踏み込もうと思った。池井たち三人がくわわったので、戦力は十分だった。それに、坂口と高村を討ち取れば、笠松屋と堂島屋に押し入った五人を残らず討ち取ることができる。

ただ、市之介は狭い家のなかで、大勢で斬り合うのは避けようと思った。同士討ちする恐れがある。

「外に引き出そう」

市之介が糸川たちに言った。

「やろう」

糸川が、その場にいた池井たち三人に目をやって言った。

池井たち三人は、無言でうなずいた。三人とも、双眸《そうぼう》に剣の遣い手らしい鋭いひかりが宿っている。

「仕度しろ」

糸川が小声で言った。

市之介や池井たちは、闘いの仕度を始めた。仕度といっても、襷《たすき》で両袖を絞り、袴の股立《ももだ》ちを取るだけである。

市之介たちの仕度が終わると、茂吉が、

「こっちでさァ」

と言って、先にたった。市之介たちは、足音を忍ばせて借家に近付いていく。

市之介たちが借家の戸口の前まで来たとき、なかから男の声が聞こえた。何人かで、話しているようだ。

……坂口がいる！

市之介は、坂口の声を聞き取った。

他にも何人かの男の声が聞こえたが、だれの声かははっきりしなかった。ただ、三、四人で話していることは分かった。

市之介は脇にいる糸川たちに目をやり、

「踏み込むぞ」

と、声を殺して言った。

市之介たち六人は、足音を忍ばせて借家の戸口に近寄った。茂吉は六人から離れ、家の脇にまわった。借家にいる者が逃走したら、跡を尾けて行き先をつきとめるのである。

6

市之介たちは、戸口に身を寄せた。板戸はしまっている。

家のなかから男たちの話し声が聞こえた。いずれも武士らしい。その会話のなかに、お師匠、高村どの、などと呼ぶ声がした。お師匠は、道場主だった坂口のことであろう。声の主は、門弟だった男にちがいない。男たちの声から判断して、家のなかには四、五人いるようだった。

「おれと糸川とで、家に入って坂口たちを引き出す」

市之介が、声を殺して言った。

佐々野や池井たちが、無言でうなずいた。

「あけるぞ」

市之介が板戸を引いた。

戸はすぐにあいた。敷居の先が、土間になっていた。その奥に、座敷があった。座敷に五人の武士の姿があった。坂口や高村たちが車座になって、湯飲みで酒を飲んでいた。男たちの膝先に、貧乏徳利が置いてある。

「青井と糸川だ！」

坂口が声高に言った。

座敷にいた男たちは目を剝いて市之介と糸川を見たが、すぐに手にした湯飲みを置き、傍らに置いてあった大刀をつかんで立ち上がった。

「ここは、狭い。表に出ろ！」

市之介が、声高に言った。坂口たち五人を、何とか外に引き出さねばならない。

「うぬら、ふたりか」

坂口が市之介を見すえて訊いた。

「どうかな。外へ出れば分かる。それとも、この座敷でやり合うか」

市之介は、座敷にいる男たちに目をやって言った。

男たちの顔に、戸惑うような表情が浮いた。これだけの人数が座敷内で刀を抜いて斬り合ったら、同士討ちになると思ったようだ。

「外に出ろ！」

糸川が声高に言った。

「よかろう」

坂口は手にした大刀を腰に差した。市之介と糸川が、刀を差したままなのを見たからだ。

座敷にいた高村たちも、腰に刀を差した。いずれも、外に出てから抜く気らしい。

市之介と糸川は外に出ると、坂口たちとの間合が十分とれるように素早く路地の右手に動いた。

坂口たち五人は外に出て、市之介たちと対峙した。そのとき、家の脇に身を隠していた佐々野や池井たちが、路地に走りでた。そして、坂口たちの背後にまわり込んだ。

「騙し討ちか！」

高村が怒りの声を上げた。

「何が騙し討ちだと。うぬらこそ、おれと糸川を五人で取り囲んで討とうとしているではないか」

そう言って、市之介は抜刀した。

「おれが、相手だ」

坂口が前に出て、市之介と相対した。

すると、高村が糸川の前に立ったが、背後から佐々野が近寄ってきたので、糸川との間合をつめることはできなかった。

池井、荒井、宇川の三人は、伊沢たち三人の門弟と向き合っている。

市之介は、坂口と三間半ほどの間合をとって対峙した。真剣勝負としては、すこし間合が遠かった。

市之介は青眼に構えると、剣尖を坂口の目線につけた。隙のない、腰の据わった構えである。

対する坂口は、八相に構えた。刀の柄《つか》を握った両拳を右肩の前にとり、刀身を斜に立てていた。霞袈裟の構えである。坂口の長身とあいまって、上から覆い被さってくるような威圧感があった。

すかさず、市之介は刀身をすこし上げて剣尖を坂口の左拳につけた。八相に対応する構えをとったのだ。

「いい構えだ」

坂口がつぶやいた。

「霞袈裟か」

市之介が言った。

「よく知っているな」

「うぬのことは、色々探ったのでな」

そう言うと、市之介は全身に気勢を込めた。そして、斬撃の気配を見せて坂口を気魄で攻めた。

だが、坂口は斬撃の気配を見せなかった。ゆったりと、八相に構えている。

……こやつ、様子をみる気か。

市之介は、坂口の構えに斬撃の気配がないのをみてとった。

先に仕掛けたのは、市之介だった。市之介は全身に斬撃の気配を見せて、足裏を擦るようにして坂口との間合をつめ始めた。だが、坂口は八相に構えたまま後じさり、市之介に間合をつめさせなかった。そして、八相に構えた刀身をかすかに動かし、市之介の動きを牽制した。

かまわず、市之介は坂口との間合をつめていく。

ふいに、坂口の動きがとまった。身を引く足をとめたのである。ふたりの間合がしだいに狭まり、一足一刀の斬撃の間境に近付いてきた。

斬撃の間境まで半間——。

市之介がそう読んだとき、ふいに坂口が動いた。

タアッ！

鋭い気合を発し、刀身を斜に立てた八相の構えから袈裟へ——。

一瞬、その刀身が、市之介の視界から消えた。両腕を伸ばして体から刀を離し、まわすように斬り込んできたからだ。

……見えぬ！

市之介は、頭のどこかで叫んだ。

刹那《せつな》、市之介は後ろに跳んだ。一瞬の反応である。

坂口の切っ先が、市之介の小袖の胸のあたりを斜に斬り裂いた。咄嗟に、市之介が後ろに跳んだため、小袖を斬り裂かれただけで済んだのだ。

だが、市之介は無理な動きで後ろに跳んだために体勢がくずれ、坂口から身を引くのがやっとだった。

……これが、霞袈裟か！

市之介の体が顫えた。恐ろしい技である。

「よく、かわしたな。だが、次は斬る」

坂口が市之介を見すえて言った。双眸が、切っ先のように鋭いひかりを放っている。

7

突如、糸川の裂帛の気合がひびいた。糸川が高村に斬り込んだのである。

青眼から袈裟へ――。鋭い斬撃だった。

咄嗟に、高村は刀身を袈裟にはらって糸川の斬撃をはじいた。

キーン、という甲高い金属音がひびき、青火が散ってふたりの刀身が弾きあった。次の瞬間、ふたりは二の太刀をはなった。

糸川は高村の籠手《こて》を狙って突き込むように斬り込んだ。対する高村は、刀身を横に払った。一瞬の斬撃である。

バサリ、と糸川の右の袂《たもと》が裂けた。一方、糸川の切っ先は、高村の右の前腕を斬り裂いた。次の瞬間、ふたりは大きく後ろに跳んで間合をとった。

糸川はふたたび青眼に構えた。高村も、相青眼にとった。ふたりの間合は遠く、向けあった刀の切っ先は、一間ほども離れていた。

このとき、佐々野は高村の背後にいたが、糸川と高村の動きが速く、斬り込んでいくことができなかった。

高村の切っ先が、小刻みに震えていた。高村の顔が苦痛にゆがんでいる。糸川に右腕を斬られたためである。

「高村、勝負あったな」

糸川が言った。

「まだだ！」

高村が糸川を見すえて言った。

高村の両眼がつり上がり、歯を剝き出していた。手負いの獣のようである。

糸川がふたたび青眼に構え、剣尖を高村の目線につけた。すると、高村は刀身を上げ、八相に構えた。切っ先の震えを糸川に見せないためらしい。

切っ先は震えていたが、刀身を高く上げた大きな構えだった。その構えには、捨て身で斬り込んでくる気配があった。

高村の背後にいた佐々野が、青眼に構えたまま間合をつめ始めた。佐々野は、高村が糸川に斬り込む一瞬の隙をとらえようとしているようだ。

「いくぞ！」

先に動いたのは、糸川だった。

糸川は摺り足で、高村との間合をつめていく。

対する高村は、動かなかった。八相に構えたまま、糸川との間合を読み、斬撃の機をうかがっている。ただ、八相に構えた刀身は震えていた。右の前腕から血が赤い糸のようになって流れ落ち、首筋を赤く染めている。

ふいに、糸川の寄り身がとまった。斬撃の間境まで、あと一歩のところである。糸川は、剣尖を高村の目線につけたまま斬撃の気配をみせている。

そのとき、高村の背後にいた佐々野が、鋭い気合を発して一歩踏み込んだ。斬り込むと見せた牽制だった。

佐々野の動きに、高村が反応した。咄嗟に、体を背後にひねって佐々野の斬撃を受けようとしたのだ。この一瞬の隙を、糸川がとらえた。

タアッ！

糸川が、鋭い気合を発して斬り込んだ。

踏み込みざま、真っ向へ――。

その切っ先が、後ろを向きかけた高村の側頭部をとらえた。

鈍い骨音がし、血と脳漿《のうしょう》が飛び散った。高村は悲鳴も呻き声も上げなかった。腰からくずれるように転倒した。

糸川と佐々野は、抜き身を手にしたまま倒れている高村のそばに近寄った。ふたりとも顔がこわばり、血走った目をしていた。

このとき、池井、荒井、宇川の三人は、伊沢ともうひとりの若い門弟に切っ先をむけていた。門弟のひとりは路傍の叢《くさむら》のなかに横たわり、低い呻き声を漏らしていた。池井たちに斬られたようだ。

伊沢と若い門弟は青眼に構えていたが、ふたりの顔は恐怖にゆがみ、切っ先は小刻みに震えていた。

伊沢と若い門弟は、高村が斬られたのを目の端でとらえると、切っ先を池井たちにむけたまま後ずさった。腰が引け、両腕を前に突き出すようにして刀を構えている。

「どうした、斬り込んでこい！」

荒井が声高に言った。

この声で、伊沢の足がとまった。顔が恐怖で、ゆがんでいる。

イヤアッ！

伊沢が甲走った気合を発し、目の前にいた荒井にむかって斬り込んだ。

振りかぶりざま真っ向へ——。

だが、迅《はや》さも鋭さもない斬撃だった。

オオッ！　と、荒井は声を上げ、刀身を袈裟に払って伊沢の刀身をたたき落とした。そして、二の太刀を横に払った。その切っ先が、前に屈《かが》みかけた伊沢の首に入った。一瞬の太刀捌きである。

伊沢の首から、血飛沫《ちしぶき》が飛び散った。伊沢は血を撒きながらよろめき、爪先を何かにひっかけて前に倒れた。

俯《うつぶ》せに倒れた伊沢は身をよじっていたが、すぐに動かなくなった。首から流れ出た血が、地面を赤く染めている。

これを見た若い門弟は、悲鳴を上げて逃げだした。手にした刀身が陽を反射して、ギラギラひかっている。

若い門弟が逃げ出したとき、市之介は坂口と対峙していた。市之介は青眼に構え、坂口は刀身を斜に立てた八相に構えていた。

ふいに、坂口が八相に構えたまま後じさり、市之介との間合があくと、

「この勝負、預けた！」

と声をかけて、反転した。

高村が斬られ、若い門弟が逃げたのを目にし、このままでは市之介たちの仲間に取り囲まれて討たれる、と坂口はみたのだろう。

「逃げるか！」

市之介は、すぐに坂口の後を追った。

だが、坂口の逃げ足は速かった。追いつくどころか、市之介との距離はひろがっていく。

市之介は足をとめた。追っても、坂口には追いつかないとみたのである。それに、市之介は、坂口の跡を尾けていく茂吉の姿を目にしたのだ。茂吉は、坂口が逃げ出したときに路地に出て、物陰に身を隠しながら坂口の跡を尾け始めたのだ。

8

市之介たち六人は、路傍の叢のなかに横たわり、呻き声を漏らしている門弟のそばに集まった。

門弟は、肩から胸にかけて袈裟に斬られていた。出血が激しい。上半身は血塗れだった。小袖が、どっぷりと血を吸っている。

門弟は、蒼ざめた顔で身を顫わせている。

……長くない。

と、市之介はみてとった。

佐々野と池井が、門弟の背後にまわって体を支えてやった。

「うぬの名は」

糸川が訊いた。

門弟は黙っていたが、いっときすると、

「つ、塚原洋助《つかはらようすけ》……」

と、くぐもった声で名乗った。

そのとき、塚原は顔を上げて市之介たちに目をやったが、すぐにがっくりと頭を垂れてしまった。塚原は、肩を上下させて喘《あえ》ぎ声を漏らしている。

「坂口の逃げた先は、分かるか」

市之介が訊いた。

だが、塚原は何も答えなかった。

「坂口はおぬしたちを見捨てて逃げたのだぞ。庇《かば》うことはあるまい」

「し、知らぬ」

塚原が声を震わせて答えた。

「坂口たちは、奪った金を何に遣うつもりだったのだ」

市之介が訊いたが、塚原は無言だった。苦しげに顔をゆがめている。

「道場を新しく建てるための金ではないのか」

さらに、市之介が訊くと、塚原は無言でうなずいた。

「その金は、どこにある」

市之介は、奪った金はこの借家のどこかに隠してあるとみていた。

塚原は何も答えなかった。

「この借家だな」

市之介が念を押すように訊いた。坂口が住んでいたこの家しか、金の隠し場はないとみたのだ。

「そ、そうらしい」

塚原が声を震わせて答えた。

「家のどこにある」

さらに市之介が訊いたが、塚原は答えなかった。金の隠し場所は、聞いていないのかもしれない。

塚原の喘ぎ声が、大きくなった。そして、うなだれたまままくぐもったような呻き声を漏らし、激しく身を顫わせた。

「しっかりしろ！」

市之介が声をかけた。

すると、塚原は市之介に顔をむけて何か言おうとしたが、急に息が荒くなり、がっくりと頭が前に垂れた。

「死んだ……」

市之介が言った。

それから、市之介たちは路傍に横たわっている高村と伊沢、それに門弟の死体を借家のなかまで運んだ。市之介たちは、死者を路傍に晒《さら》しておきたくなかったのだ。

死体の始末がつくと、市之介たちは坂口たちが奪った金を探すことにした。

六人の男が借家をまわり、座敷、台所、納戸まで探したが、隠した金は見つか

らなかった。

「天井裏かな」

糸川が天井を見上げて言った。

「ちがうな。千両箱は、重い。天井裏に、運び上げても隠す場所はないだろう」

市之介は、天井裏ではないとみた。

「それなら、床下ではないか」

「そうかもしれん」

市之介たちは、手分けして座敷の床下を探すことにした。

それから小半刻（三十分）ほどしたとき、奥の寝間の床下を探りにいった佐々

野が、市之介たちのいる座敷に飛び込んできて、

「ありました、千両箱が！」

と、声高に言った。

市之介たちは別の部屋を探していた池井たちにも声をかけ、奥の寝間にむかった。

寝間は狭い座敷だった。畳んだ布団が隅に置いてあった。座敷のなかほどの畳が一枚剝がされ、床下が見えている。

「ここです」

佐々野が、床下を指差した。

見ると、千両箱が置かれていた。市之介たちは、千両箱を取り出した。全部で四つあった。笠松屋と堂島屋で奪われた千両箱は、ふたつずつだった。坂口たちは奪った金をいったん別の場所に運んだ後、ここに持ってきて隠したらしい。

「どうします」

佐々野が訊いた。

「ともかく、床下から取り出そう」

市之介たちはさらに床板をはずし、佐々野と糸川が床下に下りて、千両箱を座敷に上げた。

千両箱は、ずっしりと重かった。坂口たちが千両箱のなかの金に手をつけたかどうか分からないが、大金が入っているのは確かである。

「この金は、どうするのだ」

池井が糸川に目をやって訊いた。

「奪われた店に、返されるのではないか。おれたちが、持ち去って懐に入れるわけにはいかないな。……盗賊と変わらなくなる」

糸川が言った。

「そうだな」

池井が苦笑いを浮かべた。

第六章　霞《かすみ》袈《げ》裟《さ》

1

茂吉は、市之介との闘いの途中で逃げ出した坂口の跡を尾《っ》けていた。

茂吉は坂口から半町ほど離れ、路地沿いの店の脇や樹陰などに身を隠しながら坂口の跡を尾けていく。

坂口は借家の前で市之介と闘っているときに逃走し、路地を足早に歩きながら時々背後を振り返った。尾けてくる者はいないか、確かめているのだ。

坂口は路地から表通りに出ると、浜町堀の方にむかった。茂吉は走りだした。坂口の姿が見えなくなったからである。

茂吉が表通りまで来ると、前方に坂口の後ろ姿が見えた。坂口は人通りのなかを足早に歩いていく。坂口は振り返らなくなった。尾行者はいないとみたのだろう。

表通りは行き交うひとの姿が多かったので、尾行は楽だった。茂吉は身を隠すこともせず、ひとの流れのなかを歩いていく。

坂口は前方に、浜町堀が見えてきたところで足をとめた。そこは、通り沿いにあったそば屋の前である。

坂口は通りの左右に目をやった後、そば屋の暖簾《のれん》をくぐった。

……そばを食うつもりかい。

茂吉は、呆《あき》れたような顔をしてつぶやいた。

市之介たちに襲われて一緒にいた仲間たちは殺され、坂口はひとりだけ逃げてきたのだ。その途中、そば屋に立ち寄ったのである。

茂吉はそば屋の前まできて迷ったが、しばらく店先を見張ることにした。茂吉は身を隠す場所を探し、そば屋の斜前にあった下駄屋の脇に身を寄せた。

それから、半刻（一時間）も経ったろうか。坂口は、そば屋から出てこなかった。茂吉は、そばを食べるにしては長過ぎると思った。

そば屋には別の出入り口があって、坂口はそこから外に出たのではないか、と茂吉は思い、客を装って店に入った。

「いらっしゃい」

店の小女が、すぐに茂吉のそばに来た。

茂吉は店内に目をやり、小上がりに坂口の姿がないのを確かめてから、懐に忍ばせてきた十手を見せ、

「半刻ほど前《めえ》、二本差しが店に来たな」

と、声をひそめて訊《き》いた。

「は、はい」

小女は声をつまらせて答えた。顔がこわ張っている。

「まだ、店にいるのかい」

「いません」

「店から出たのか」

「はい、裏から……」

小女が小声で言った。

「裏から、出られるのかい」

「出られます」

小女は、小上がりの脇を指差した。そこに狭い土間があった。店の裏手につづいているらしい。

すぐに、茂吉は土間に入った。土間の先に、板戸がしめてあった。茂吉は板戸をあけた。戸口の先に、細い路地がある。そこは、表通りに並ぶ店の裏手につづいている路地らしかった。

……やつは、ここから逃げたのか。

茂吉は顔をしかめた。

坂口は追っ手を予想して、この店を利用してうまく逃げたのである。

「この路地は、どこへ出るんだい」

茂吉が小女に訊いた。

「堀沿いの道に出られますよ」

小女によると、右手に行くと浜町堀沿いの道に突き当たり、左手にいくと店の前の表通りに出るという。

「手間をとらせたな」

茂吉は、小女に礼を言ってそば屋を出た。

その日、茂吉は陽が沈んでから、青井家の屋敷にもどった。そして、表門から庭にまわった。

茂吉は、庭に面した座敷に人影があるのを目にして、

「旦那、いやすか」

と、声をかけた。いつになく沈んだ声だった。

障子があいて、市之介が顔を出した。市之介は茂吉の顔を見ると、すぐに縁側に出てきた。

「茂吉、坂口の逃げた先がつかめたか」

すぐに、市之介が訊いた。

「それが、旦那、うまくまかれちまって……」

茂吉が肩を落として言った。

「茂吉がまかれるとはな。坂口は、尾けているのに気付いたのではないか」

「そうかもしれねえ」

茂吉は、そば屋で逃げられたときの顛末をかいつまんで話した。

「巧妙な手だな」

市之介が、感心したような顔をして言った。

「旦那、このままじゃァ、あっしの顔がたたねえ」

茂吉が顔を怒りに染めて言った。

「どうする気だ」

「二、三日、待ってくだせえ。あっしが、やつの居所をつきとめやす」

「待つのはかまわんが……」

市之介はそう言った後、いっとき黙考していたが、

「どうだ、おれも行こうか」

と、身を乗り出すようにして言った。

「旦那、三日待ってくだせえ。三日経っても、やろうの隠れ家が摑めなかったら、旦那にも来てもらいやす。……あの野郎の居所は、あっしが摑みてえんでさァ」

茂吉が向きになって言った。

「それほど言うなら、茂吉にまかせるが、下手に坂口に近付くな。やつの手から、逃げるのはむずかしいぞ」

市之介が、念を押すように言った。

2

茂吉は富沢町へ来ると、まずそば屋に立ち寄った。そして、対応に出た小女に、その後坂口が店に来たか訊いてみた。

小女によると、坂口は店に来てないという。

茂吉はそば屋を出て、坂口が住んでいた借家にむかった。坂口が借家に何か取りにきたかもしれない、と思ったのだ。

茂吉は通行人を装って、借家の前を通った。家はひっそりとして、ひとのいる気配はなかった。

……だれもいねえ。

坂口は借家にもどっていない、と茂吉はみた。それでも念のため、路地沿いにあった何軒かの店に立ち寄り、坂口の姿を見掛けたか訊いてみたが、見掛けた者はいなかった。

茂吉は借家のある路地を出ると、いったん浜町堀沿いの通りに出て、高砂橋のたもとを右手に折れた。坂口がひらいていた道場を見てみようと思ったのだ。行き場を失った坂口が、身を隠しているかもしれない。

茂吉は、市之介から剣術道場のある場所を聞いていたので、道場までの道筋は分かっていた。

茂吉は下駄屋の脇の裏路地に入り、しばらく歩くと春米屋《つきごめや》があった。その脇に、剣術の道場があった。ちいさな道場で、ひどく荒れていた。

茂吉は通行人を装って、道場の前を歩いてみた。ひっそりとして、ひとのいる気配はなかった。

茂吉は念のため春米屋に立ち寄り、唐臼《からうす》の脇にいた親爺に、

「そこの剣術道場には、だれもいねえのかい」

と、訊いてみた。

「いねえが、近いうちに大きな道場に建て替えると聞いてるぜ」

親爺が言った。

「ところで、道場をひらいていた坂口の旦那を見掛けなかったかい。おれは、むかし坂口の旦那に世話になったことがあるのよ」

茂吉が、坂口の名を出して訊いた。

「見掛けたよ」

親爺が素っ気なく言った。

「いつ、見た」

茂吉が身を乗り出して訊いた。

「今朝だよ。五ツ（午前八時）過ぎに、道場から出ていったぜ」

「昨夜、坂口の旦那は、この道場に泊まったのかい」

茂吉の声が大きくなった。

「泊まったようだ」

親爺はそう言うと、唐臼を踏み始めた。いつまでも、油を売っているわけにはいかないと思ったらしい。

「邪魔したな」

そう言い置いて、茂吉は舂米屋を出た。

茂吉は道場からすこし離れた路傍の樹陰に身を隠して、道場に目をやった。道場を見張り、坂口が姿をあらわすのを待つつもりだった。

坂口は、なかなか姿をあらわさなかった。いつの間にか、陽は西の空にまわっている。茂吉は、今日は諦めようかと思った。

そのとき、路地の先に武士の姿が見えた。道場の方に歩いてくる。

……やつだ！

茂吉は胸の内で声を上げた。

坂口だった。ひとり、足早に道場の方に歩いてくる。そして、道場の前に立ち、路地の左右に目をやってから、道場の戸口の板戸をあけてなかに入った。板戸といっても、板が剝げて壊れかけていた。軒先の板屋根も朽ちて垂れ下がっている。それでも、道場のなかには、雨露を凌《しの》げる場所があるのだろう。

坂口が道場に入り、しばらく経ってから、茂吉は樹陰から出て道場に足をむけた。そして、通行人を装って道場の前を通った。足はとめなかった。足音で、坂口に気付かれる恐れがあったからだ。

道場内から、床板を踏むような音がかすかに聞こえた。坂口は道場内にいるようだ。

茂吉は道場を離れてから踵《きびす》を返し、小走りに表通りにむかった。これから、御徒町にもどるつもりだった。市之介に、坂口が道場にいることを知らせるのだ。

その日、茂吉は夜が更けてから市之介の屋敷に立ち寄り、坂口が道場にいることを話した。

「明日も、いるかな」

市之介が訊いた。

「朝のうちなら、いるはずでさァ」

今晩、坂口は道場に泊まる、と茂吉はみたようだ。

「よし、明日暗いうちにここを出よう」

市之介の顔は、いつになく厳しかった。胸の内で、坂口の遣う霞袈裟と勝負を決する時が来たとみたのだろう。

「糸川の旦那は、どうしやす」

「だいぶ遅くなったが、今夜のうちに糸川のところに行き、明朝、和泉橋のたもとで、佐々野たちといっしょに待っているように話してくれ」

市之介は、ひとりで坂口と闘うつもりだったが、後れをとるようなことになったら、糸川たちに坂口を捕らえてもらわねばならないのだ。

「承知しやした」

茂吉は、すぐにその場を離れた。

翌朝、市之介はひとりで暗いうちに屋敷を出た。和泉橋のたもとに、糸川、佐々野、それに池井が待っていた。

「荒井と宇川には、連絡しなかった」

糸川が言った。

「これで、十分だ。相手は坂口ひとりだからな」

「茂吉は」

糸川が訊いた。

「先に行って待ってるはずだ」

市之介たちは和泉橋を渡り、高砂町にむかった。

東の空が曙色《あけぼのいろ》に染まっていた。いっときすれば、朝日が顔を出すだろう。市之介たちが浜町堀沿いの通りに出ると、朝の早いぼてふりや出職の職人などの姿が見えた。町が動きだしたのである。

市之介たちは高砂橋のたもとを右手におれて表通りをいっとき歩いてから、下駄屋の脇の路地に入った。坂口の道場は路地の先にあるはずである。

路地をしばらく歩くと、春米屋が見えてきた。

「茂吉だ」

市之介が言った。茂吉が春米屋の脇から路地に出て、こちらに走ってくる。茂吉は先に来て、道場を見張っていたのだ。

3

「茂吉、坂口はいるか」

すぐに、市之介が訊いた。

「いやす」

茂吉が、道場のなかで足音が聞こえたことを話した。

「外に引き出すか」

市之介は、道場の外のひろい場所で坂口の遣う霞袈裟と勝負したかった。あらためて道場のまわりに目をやると、道場の前の路地には、ふたりが立ち合うだけの広さがあった。足場もそう悪くはない。

「坂口を外に連れ出す」

そう言って、市之介は道場の戸口に近付いた。

戸口の板戸は、所々剝げていた。庇《ひさし》は朽ちて垂れ下がっている。

市之介は、板戸の剝げた隙間からなかを覗いてみた。道場のなかは薄暗かった。

土間の先に狭い板間があり、その先が板張りの稽古場になっていた。稽古場の板が、所々剝げている。

……だれかいる！

稽古場の隅に、人影があった。そばに、夜具のような物が敷いてある。

人影は坂口だった。坂口は立って、袴を穿こうとしているところだった。道場を出るために、身支度をしているようだ。

市之介は板戸をあけて、土間に入った。

「青井か！」

坂口が声を上げた。

「坂口、おぬしを斬る前に訊いておきたいことがある」

「なんだ」

「武士でありながら、何ゆえ商家に押し入った」

市之介は、道場を建てるためとはいえ、武士らしくない所行だと思ったのだ。

「剣の修行のためだ。この道場では稽古もできぬからな」

「剣のために、武士も捨てたのか」

「うむ……」

坂口は顔を厳しくして口をつぐんでいたが、

「問答無用！　おれの霞袈裟で、おぬしを斬る」

坂口が、市之介を睨《にら》むように見据えて言った。そして、道場の隅に置いてあった大刀を腰に帯びた。

「今日こそ、決着をつけてやる」

市之介は、坂口に体をむけたまま敷居を跨《また》いで道場の外に出た。背後から斬りつけられるのを防ぐためである。

坂口は戸口から出ると、周囲に目を配ってから市之介の前に立った。

このとき、糸川たちは道場の脇にいた。坂口からは見えない場所に身を隠していたのだ。市之介が危うくなったり、坂口が逃げようとすれば、路地に飛び出すはずだ。

市之介は、坂口と三間半ほどの間合をとって対峙《たいじ》した。以前、ふたりが立ち合ったときと、ほぼ同じ間合である。

市之介が、抜刀体勢をとって柄《つか》に右手を添えた。

「いくぞ！」

坂口が先に抜刀した。

すかさず、市之介も刀を抜いた。

坂口は八相に構えた。そして、刀の柄を握った両拳を右肩の前にとり、刀身を斜に立てた。霞袈裟の構えである。

対する市之介は、青眼に構えると刀身をすこし上げて剣尖《けんせん》を坂口の左拳につけた。以前、坂口と立ち合ったときとほぼ同じ構えだが、腰をすこし沈め、両足の幅をすこし狭くした。素早く背後に身を引くためである。

ふたりは、八相と青眼に構えたまま動かなかった。全身に気勢を込め、斬撃の気配をみせて気魄《きはく》で攻めている。

ふたりの全身から痺れるような剣気が発せられたが、見ている者の目には、ふたりが剣を構えて立っているだけに映ったかもしれない。

どれほどの時が、過ぎたのか。ふたりには、時間の経過の意識がなかった。敵を気魄で攻めることに集中していたからだ。

そのとき、家の脇でかすかに足音がした。身を隠していた糸川たちが動いたらしい。その音で、ふたりの全身に斬撃の気がはしった。

坂口が先《せん》をとった。

八相に構えたまま、爪先を這うように動かし、ジリジリと間合を狭め始めた。

対する市之介は、動かなかった。青眼に構えたまま剣先を坂口の左拳につけている。

ふたりの間合が、一足一刀の斬撃の間境に近付いてきた。痺れるような剣気がふたりをつつんでいる。

斬撃の間境まであと一歩——。

市之介がそう読んだとき、ふいに坂口の寄り身がとまった。このまま斬撃の間境に踏み込むのは、危険だと感知したらしい。

坂口は全身に激しい気勢を込め、
タアッ！

と、鋭い気合を発し、刀の柄を握った両拳を、ピクッと動かした。斬り込むとみせて、市之介の気を乱そうとしたのだ。

だが、市之介は動じず、斬撃の気配を見せて右足をわずかに踏み出した。

次の瞬間、坂口の全身に斬撃の気がはしった。鋭い気合を発し、刀身を斜に立てた八相の構えから袈裟へ斬り込んだ。

瞬間、坂口の刀身が、市之介の視界から消えた。両腕を伸ばし、刀身を体から離す霞袈裟の太刀捌《たちさば》きである。

咄嗟《とっさ》に、市之介は背後に跳びざま刀身を横に払った。体が勝手に反応したといってもいい。

次の瞬間、ふたりは大きく後ろに跳んで間合をとった。

坂口の切っ先が、市之介の左肩をとらえた。だが、小袖を斬っただけで、肌まではとどかなかった。

一方、市之介の切っ先は、坂口の前に伸びた右の前腕をとらえていた。市之介は、霞袈裟で前に伸びる坂口の籠手《こて》を狙ったのだ。坂口の袖が裂け、あらわになった前腕から血が流れ出ている。

4

「勝負はこれからだ！」

坂口が叫び、ふたたび刀身を斜にとる霞袈裟の構えをとった。

坂口の刀身が、小刻みに震えている。右の前腕を斬られ、腕に余分な力が入っているようだ。

「坂口、勝負あったぞ」

市之介が、青眼に構えたまま言った。

「まだだ！」

ふいに、坂口は八相の構えを変えた。柄を握った両拳を高くとり、しかも切っ先で天空を突くように高くとったのだ。

……霞袈裟の構えではない！

市之介は、胸の内で声を上げた。

坂口の八相は、刀身を垂直に立てた大きな構えだった。この構えから、坂口は捨て身でくる、と市之介は読んだ。

坂口は、右腕を斬られて霞袈裟が遣えなくなり、相打ち覚悟で高い上段から斬り込んでくるようだ。

気を抜けば、坂口の捨て身の攻撃に後れをとる。こうした真剣勝負は、ちょっとした油断や慢心で勝てる相手に破れることもあるのだ。

市之介と坂口の間合は、およそ三間――。さきほど対峙したときより、すこし間合が狭まっていた。

すぐに、坂口が仕掛けてきた。

「うぬの頭、斬り割ってくれる！」

坂口が声を上げ、足裏を擂《す》るようにして間合をつめてきた。

対する市之介は、動かなかった。気を鎮めて、坂口との間合と斬撃の気配を読んでいる。

間合が狭まるにつれ、坂口の全身に斬撃の気配が高まり、市之介の目に坂口の体が大きくなったように見えた。

ふいに、坂口の寄り身がとまった。一足一刀の斬撃の間境まで、あと一歩の間合である。

坂口は市之介の青眼の構えがくずれないので、このまま踏み込むと斬られるとみたらしい。

イヤアッ！

突如、坂口は甲走った気合を発し、半歩踏み込んだ。気合を発し、斬り込む動きをみせて、市之介の構えをくずそうとしたのだ。

だが、市之介の構えはくずれなかった。しかも、市之介は坂口が気合を発した気の乱れをつき、鋭い気合を発して斬り込んだ。

青眼から踏み込みざま真っ向へ——。稲妻のような鋭い斬撃である。

咄嗟に、坂口も真っ向から斬り下ろした。だが、坂口は市之介より一瞬遅れ、しかも切っ先がやや逸《そ》れた。

市之介の切っ先が、坂口の真っ向をとらえ、坂口の切っ先は、市之介の肩先をかすめて空を切った。

鈍い骨音がし、坂口の額から鼻筋にかけて血の線がはしった。次の瞬間、坂口の頭部から血と脳漿《のうしょう》が飛び散った。

坂口は、悲鳴も呻《うめ》き声も上げなかった。腰からくずれるように転倒し、地面に横たわった。

坂口は俯《うつぶ》せに倒れ、四肢を痙攣《けいれん》させていたが、いっときすると動かなくなった。絶命したようである。頭部から飛び散った血が、赤い花弁でも散らせたように地面を赤く染めている。

市之介は、血刀を引っ提げたまま坂口のそばに立ち、

……何とか、霞袈裟を破った。

と、つぶやいた。

そこへ、糸川や茂吉たちが走り寄った。

「青井、みごとだ」

糸川が感心したように言った。

「すげえや！」

茂吉は坂口を見て目を剝いた。

佐々野と池井も、驚いたような顔をして坂口の死顔を見つめている。

「勝負は紙一重だった。一歩間違えば、ここに横たわっているのは、坂口でなく、おれの方だったかもしれぬ」

市之介は坂口の遣う霞袈裟の太刀筋を知っていたし、すでに二度も切っ先を合わせていたので、坂口に勝つことができたと思った。

「坂口の死体は、どうする」

糸川が訊いた。

「このままにしてはおけないな」

人通りのある路地に、無残な死体を晒《さら》しておくのは哀れだ、と市之介は思った。

「道場のなかに運んでおくか」

「そうだな」

市之介が言った。道場が墓場になるのなら、坂口も本望だろう。

市之介たちは、坂口の死体を道場内に運んだ。そして、道場の隅の板張りの床に、坂口の死体を横たえた。

「青井、見ろ」

糸川が道場の隅の床を指差した。

見ると、その付近だけ床板がしっかりし、綺麗になっていた。雑巾で拭いた跡も残っていた。

「坂口は、ここで稽古していたのか」

市之介は、道場に残された狭い場所で、坂口が木刀を振っている姿を脳裏に描き、哀れな気がした。坂口は、傷んで稽古もできない道場内で、木刀の素振りや刀法の工夫などしていたようだ。

市之介は道場の板壁の木刀掛けに残っていた木刀を持ってくると、横たわった坂口の体の上に置き、

……存分に稽古をするがいい。

と、掌を合わせてつぶやいた。

5

「まァ、なんて賑やかなの」

つるが、座敷にいる男たちに目をやって驚いたような顔をした。

縁側に面した座敷には、六人の男がいた。

市之介の他に、糸川と佐々野、それに池井、荒井、宇川の三人が座していた。

昨日、市之介は屋敷に姿を見せた糸川から、

「これから、大草さまのお屋敷にうかがい、始末がついたことをお伝えしてくるが、青井からも何か話すことはあるか」

と、訊かれた。

市之介は「ない」と答えた。糸川から話せば、十分である。

そして、今日、糸川は佐々野や池井たち三人を連れて青井家に姿を見せたのだ。

「大勢でおしかけて申し訳ないが、池井たちが青井に礼を言いたいというので、連れてきたのだ」

糸川が、済まなそうな顔をして言った。

「入ってくれ。このところ、おれも家をあけることが多くてな、屋敷に残された女ふたりは、寂しかったらしい。……大勢来てくれたので、ふたりも喜ぶはずだ」

市之介はそう言って、玄関先で顔を合わせた糸川たちを座敷に上げたのだ。

「母上、ここに集まったのは、伯父上の御指図で、世間を騒がせた悪人たちを成

敗した目付筋の者たちです」

　市之介が、池井たち三人に手をむけて言った。つるが池井たちと会うのは、初めてのはずだ。

「池井順之助でございます」

　池井がそう言って、つるに頭を下げると、荒井と宇川も名乗ってから頭を下げた。

　つるは慌てて座敷の隅に座し、ふかぶか頭を下げて、「つるでございます」と名乗り、「茶を淹《い》れましょう」と言い残し、そそくさと座敷から出ていった。

　市之介はつるの足音が遠ざかると、

「伯父上に、始末がついたことを話したのか」

と、声をあらためて糸川に訊いた。

「お話しした。ひとり残った坂口を斬ったこともな」

「それで、伯父上は何と仰せられたのだ」

「安堵されていたよ」

　大草は糸川に、「此度《こたび》の件は、幕臣の子弟が何人もかかわっていたので、町方に捕らえられることなく、目付筋の手で始末できたのはよかった」と、ほっとした顔で言ったという。

「相手が遣い手だけに、おれたちも命懸けだったな」

市之介も、ほっとした顔をした。

「われらが任務を果たせたのも、青井どののお蔭です」

池井が言うと、荒井と宇川があらためて頭を下げた。

「い、いや、おれは非役でな。伯父上に、暇を持てあましているなら手伝えと言われ、これまでも、糸川や佐々野といっしょに幕臣にかかわった事件の探索にあたったことがあるのだ。……いつもそうだが、足手纏《まと》いになるだけだ」

市之介が、照れたような顔をして言った。

「そんなことはありません。これまで、青井どのの御蔭でいくつもの事件が解決できたのです」

佐々野が、身を乗り出して言った。

「いっしょにやっただけだよ」

市之介がそう言ったとき、廊下を歩く足音が聞こえた。

足音は障子のむこうでとまり、つるとおみつが顔を出した。おみつは、湯飲みを載せた盆を手にしていた。糸川たちに茶を淹れてくれたらしい。

ふたりは市之介の脇に座し、

「お茶が、はいりましたよ」

と、つるが言った。すると、おみつが湯飲みを手にし、糸川たち五人の客に茶をだした。そして、最後に市之介の膝先にも湯飲みを置いた。

「いただきます」

そう言って、糸川が膝先の湯飲みを手にすると、佐々野や池井たちも湯飲みに手を伸ばした。

いっとき、男たちは無言で茶を喫していたが、

「無事にお仕事が終わり、よかったこと」

つるが小声で言うと、傍らに座っていたおみつも、ほっとした顔をした。

「また、屋敷にいることが多くなるな」

市之介が、渋い顔をして言った。やることもなく屋敷内でごろごろしているより、外に出て糸川たちと事件の探索にあたっている方がましだ、と思ったが、口にはしなかった。

「みなさんが、こうやって無事に顔を揃えることができたのも、神仏の御加護があったからですよ」

つるが、真面目な顔をして言った。

男たちの視線が、つるに集まった。何も言わず、次の言葉を待っている。

「みなさんで、御礼に参りましょう。浅草の浅草寺でもいいし、深川の八幡さまでもいいし……」

つるが、目を細めて言った。

「御参りですか」

市之介は、つるの魂胆が読めた。御参りにいった帰りに料理屋にでも立ち寄って、美味しい物でも食べるつもりなのだ。

……まずいな。

と、市之介は胸の内で思った。つるとおみつのふたりだけでも金がかかるのに、糸川や池井たちも連れていくとなると大変な散財になる。

「そういえば、腹が減ったな」

市之介が言った。何とか、この場はごまかして切り抜けようと思ったのだ。

「そば屋にでもいくか。……やなぎ屋はどうだ」

市之介は、糸川たちに目をやって言った。

「いいな」

すぐに、糸川が言った。市之介の胸の内を察したのかもしれない。佐々野や池井たちもうなずいた。これ以上青井家の屋敷に大勢でとどまって、迷惑をかけたくないと思ったのだろう。

糸川たちは、つるとおみつに礼を言ってから腰を上げた。

市之介につづいて、つるとおみつも糸川たちを見送るために玄関まで出た。市之介は最後に玄関先に来て、

「母上、おみつ、三人で浅草寺か八幡宮にお参りに行きますか」

と、ふたりに耳打ちした。

すると、ふたりの顔を覆っていた不満そうな表情が、拭いとったように消えた。

「今日は、糸川たちとそばを食べてくる」

市之介はそう言い残し、糸川たちの後を追った。

おみつとつるは玄関先に立ち、笑みを浮かべて市之介の後ろ姿を見送っている。

本書は書き下ろしです。

実業之日本社文庫　最新刊

阿川大樹
終電の神様　始発のアフターファイブ
ベストセラー『終電の神様』待望の書き下ろし続編！　終電が去り始発を待つ街に訪れる5つの奇跡を、温かな筆致で描くハートウォーミング・ストーリー。
あ13 2

鯨統一郎
戦国武将殺人紀行　歴女美人探偵アルキメデス
毛利元就、上杉謙信、伊達政宗ゆかりの地を旅行中の歴女三人組〈アルキ女デス〉がまたも事件に遭遇！「三本の矢」のごとく力合わせて難事件を解決!?
く1 5

こにし桂奈
おいしいお店の作り方　飲食店舗デザイナー羽田器子
新人デザイナーの羽田器子は、容姿端麗なスーパー上司・向崎と共に依頼人たちの「夢のお店」をプロデュースするが……!?　あったかお仕事キャラミス！
こ5 1

沢里裕二
極道刑事　東京ノワール
渋谷百軒店で関西極道の事務所が爆破された。カチコミをかけたのは関東舞闘会。奴らはただの極道ではなかった…。「処女刑事」著者の新シリーズ第二弾！
さ3 7

椙本孝思
読んではいけない殺人事件
人の心を読む「読心スマホ」の力を持った美島冬華。後輩のストーカー被害から、思わぬ殺人事件の「記憶」に辿りついてしまい――!?　傑作サイコミステリー！
す1 2

田中啓文
力士探偵シャーロック山
相撲界で屈指のミステリー好き力士・斜麓山の周辺でなぜかシャーロック・ホームズの名作ばりの事件が続発。はじめて本物の事件を解決しようと勇み足連発!?
た6 4

鳥羽亮
剣客旗本春秋譚　武士にあらず
両替屋に夜盗が押し入り、手代が斬られ、千両箱ふたつが奪われた。奴らは何者で、何が狙いなのか。市之介が必殺の剣・霞袈裟に挑む。人気シリーズ第二弾!!
と2 14

吉田恭教
凶眼の魔女
幽霊画の作者が謎の自殺。疑問を持った探偵の槙野康平は調査に乗り出すが、連続猟奇殺人事件に巻き込まれてしまう。恐怖の本格ミステリー！
よ6 1

実業之日本社文庫 と214

剣《けん》客《かく》旗《はた》本《もと》春《しゅん》秋《じゅう》譚《たん》　武士《ぶし》にあらず

2018年10月15日　初版第1刷発行

著　者　鳥《と》羽《ば》亮《りょう》

発行者　岩野裕一
発行所　株式会社実業之日本社
〒107-0062　東京都港区南青山5-4-30
CoSTUME NATIONAL Aoyama Complex 2F
電話［編集］03(6809)0473［販売］03(6809)0495
ホームページ　http://www.j-n.co.jp/
DTP　ラッシュ
印刷所　大日本印刷株式会社
製本所　大日本印刷株式会社

フォーマットデザイン　鈴木正道（Suzuki Design）

ISBN978-4-408-55443-3（第二文芸）